秘剣の名医

【十三】

蘭方検死医 沢村伊織

永井義男

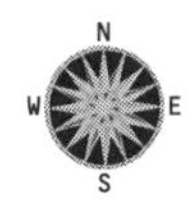

コスミック・時代文庫

この作品はコスミック文庫のために書下ろされました。

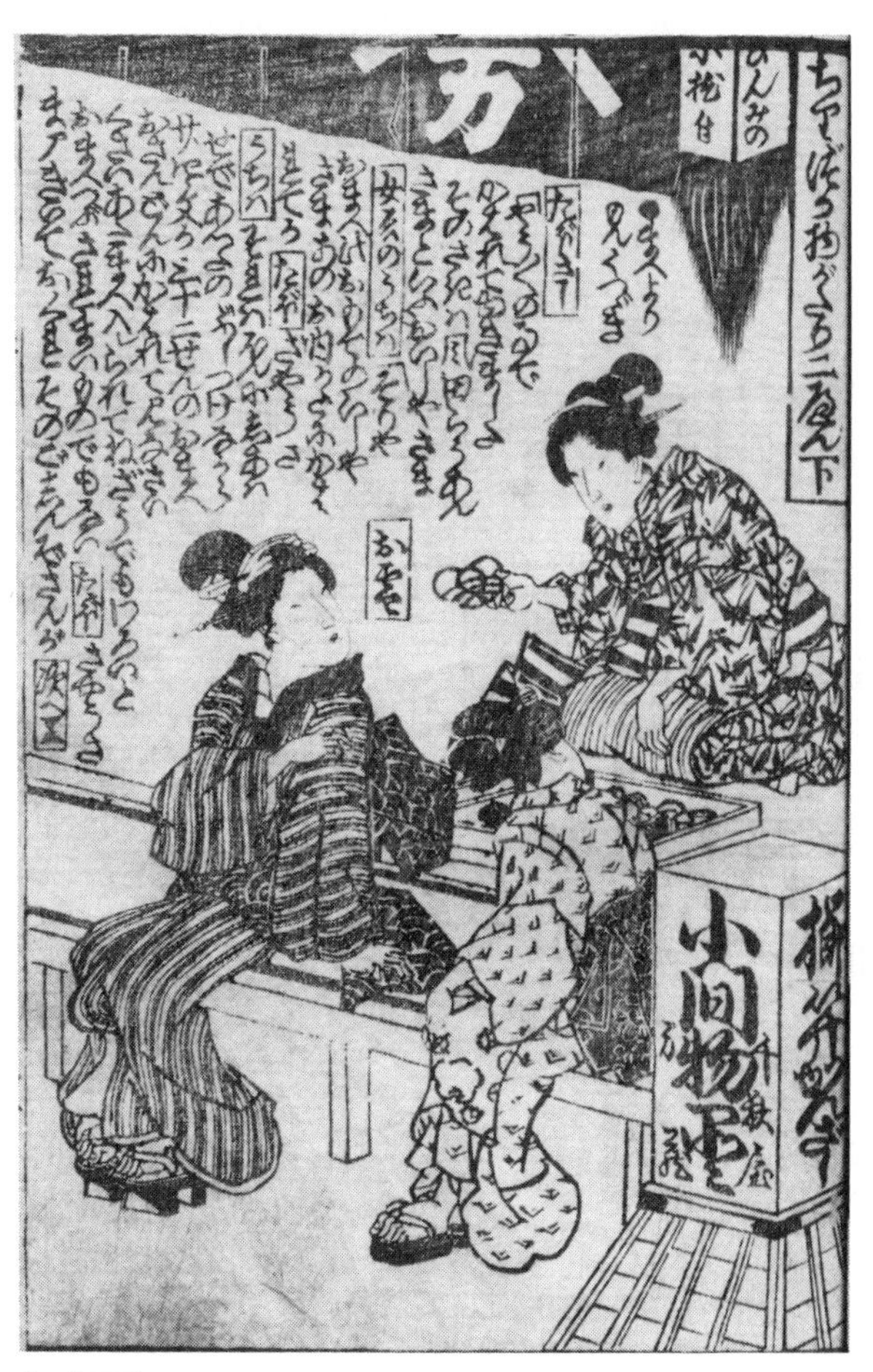

◇ 小間物屋
『庭教塵塚物語』（山東京山著、嘉永三年）、国会図書館蔵

◇ 行商の小間物屋
『大通伝』（可笑著、天明二年）、国会図書館蔵

◇ 古道具屋
『御代参丑時詣』（通笑著、天明二年）、国会図書館蔵

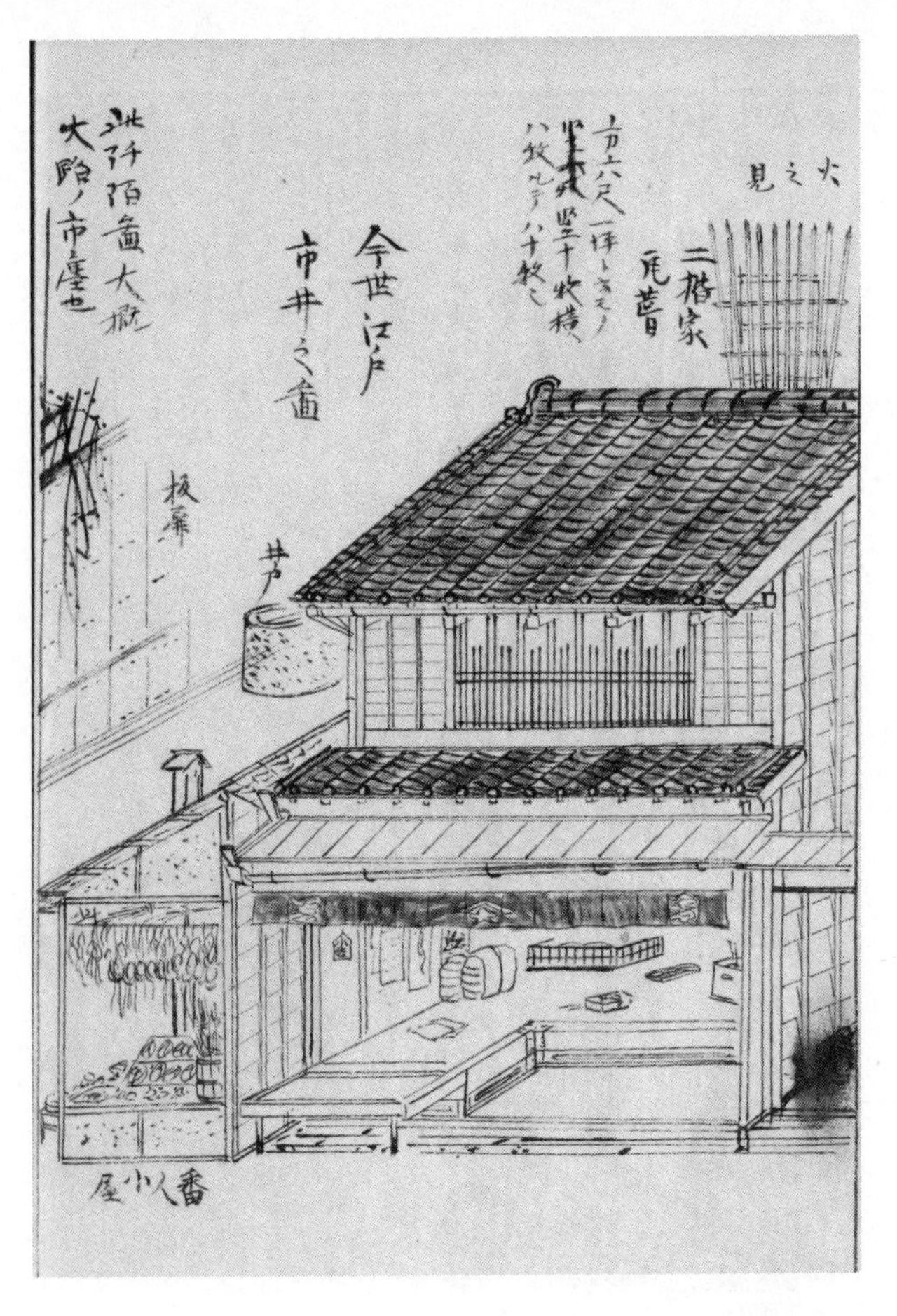

◇ 自身番（左）と木戸番（右）
『守貞謾稿』（写）、国会図書館蔵

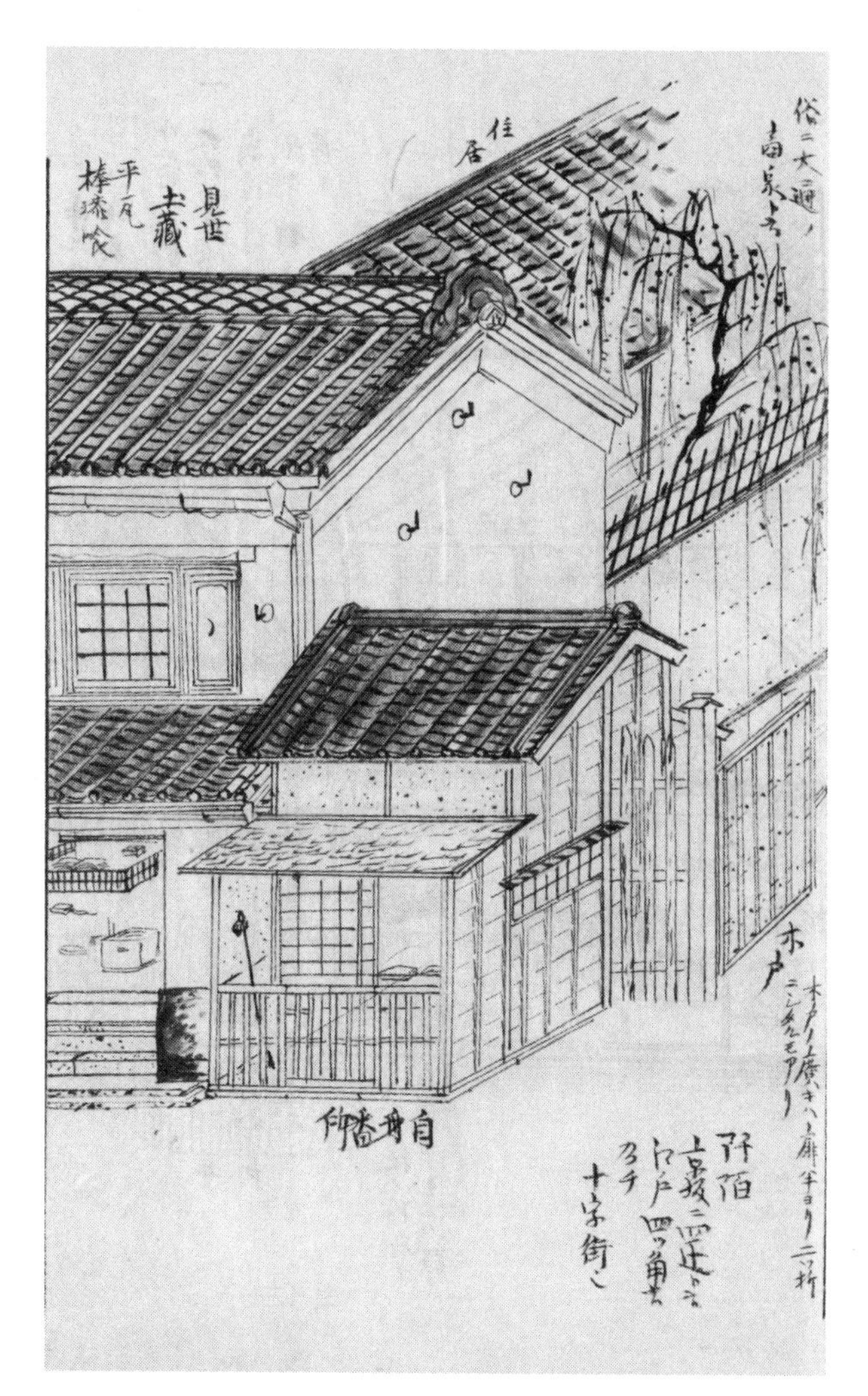
見世
土蔵
平瓦
住居
木戸
阡陌
十字街

◇試し斬り
『徳川幕府刑事図譜』（藤田新太郎編、明治二十六年）、国会図書館蔵

Examinating the edge of a sword on the corpse of a criminal, as
This was made as a punishment when the latter, ...

◇ **後室髷（右）**

『春色入船日記』（歌川国盛二代、嘉永年間）、国際日本文化研究センター蔵

◇ 入れ黒子
『風俗三十二相』（芳年、明治二十一年）、国会図書館蔵

◇ 鰻屋の二階を借りる男女
『春色梅暦』(為永春水著、天保九年)、国会図書館蔵

◇ 下谷広小路と松坂屋

『名所江戸百景』（歌川広重、安政五年）、国会図書館蔵

目次

序

商家の主人を思わせる、小紋の羽織を着た男が立ち止まった。

一見すると老成しているが、年齢は三十前後であろう。

ただし、主人の外出にしては、丁稚などの供は連れていなかった。

「あそこかな。しかし、小間物屋(こまものや)にしては寂(さび)れているな」

小声でつぶやく。

小間物屋は、櫛(くし)、笄(こうがい)、簪(かんざし)などの髪飾りや、化粧品、雑貨などを売る店である。

店先にはたいてい若い娘が集まっている。

ところが、男が見ている店先に人はなく、店の主人の女房らしき女が所在なげに座っていた。

隣は一膳飯屋で、酒も出すようだ。数人の男が床几に腰をかけ、酢蛸(すだこ)などを肴(さかな)に酒を飲み、大きな声で話をしている。

それだけに、小間物屋が閑散としているのが目立つ。

店の前の道に置かれた置行灯には、

櫛笄かんざし
　遠州屋
小間物品々
　　仁蔵

と書かれていた。

(ふむ、遠州屋に間違いないな)

男は暖簾に目をやった。

紺地に、入山形に「仁」の字が白く染め抜かれている。主人の名から取ったのであろう。

店が寂れているのはやや気になったが、若い娘が群れていないのは男にとって好都合だった。

近づいていき、声をかけた。

「遠州屋のおかみさんの、お豊さんですか」

「はい、さようです」

「あたくしは雅鳥と申しますが、ひとつ、お願いしたいと思いましてね」

「え、なんのことでしょう」

お豊の目が細くなった。

このときになって、雅鳥と名乗った男は、女の髪型が切髪なのに気づいた。

切髪ということは、お豊は後家である。亭主の仁蔵はすでに死んでいることになろう。

「ちと言いにくいものですから、曖昧になってしまいました。じつは、二階の座敷を、ちょいとお借りしたいと思っておりまして」

「あたくしどもでは、初めての方はお断りしております。身元のたしかな方にしか、お貸ししておりません」

お豊が素っ気なく言った。

その口調は、冷淡と言えるほどである。男を見つめる視線には、警戒があらわだった。

雅鳥がなだめるように、

「あたくしは、仙水（せんすい）さんの紹介でまいったのですがね」

と言いながら、ふところから書付を取りだして渡した。

書付には、

この雅鳥さんは信用できる人物なので、よろしく頼む

という意味のことが書かれ、仙水の署名と印があった。

仙水は、馴染み客の俳号である。

雅鳥も俳号に違いない。俳句仲間であろうか。

本名は知られたくないため、男が遊里で俳号を名乗るのはよくあることだった。

連れ立ってきたときでも、おたがいに俳号で呼びあう。

お豊は書付に目を通すや、態度が一変した。

「おや、仙水さんのご紹介でしたか。これは失礼しました。最初にこの書付をお見せくださればよかったのに」

「いや、それもあまりに不躾（ぶしつけ）かなと思ったものですから」

お豊があたりを見まわし、近くに人がいないのを確かめたあと、

「で、どんな方をお望みですか」

と、やや声を低めた。

雅鳥が口ごもる。

「ええ、まあ、それが」

「遠慮なく言っていただいて、けっこうですよ」

「お武家のお内儀がいると聞いたもので、それで……」

「はい、わかりました。お武家のお内儀を希望する方はけっこう多いのですよ」

お豊は表情も変えず、淡々と言った。

雅鳥は安堵の表情を浮かべている。

「では、これから迎えにいかせますので、しばらく二階でお待ちいただくことになります。

お酒を召しあがりながら、お待ちになりますか。お肴もご用意できますが」

「では、これでお願いします」

雅鳥が財布から金を取りだして渡す。

お豊は金を受け取りつつ、

「かしこまりました。

申しわけないのですが、いったん裏手にまわっていただけますか。勝手口から入っていただきたいのです。

勝手口は、腰高障子に遠州屋と書いてございますので、すぐにわかります。勝手口から入ると、すぐに階段がございますから、そのまま二階におあがりくださ
い」

と説明し、裏手にまわる路地を教えた。

雅鳥の姿が消えると、お豊は下女を呼び、命じた。

「お典さんに声をかけておくれ」

「へい、お典さんですね。かしこまりました」

下女はもう心得ているのか、すぐに下駄をつっかけて出ていく。

お豊は隣の居酒屋に出向くと、酒と肴を届けてくれるよう頼んだ。その酒と肴を合わせた総額は、雅鳥からもらった金額の、ほぼ半分ほどだった。

＊

遠州屋の店先に女が立ち、いかにも遠慮がちに声をかけた。

その声を聞きつけ、それまで台所にいたお豊がすぐに出ていく。

「あら、お典さん、いつも急な呼出しで悪いですね」

お典と呼ばれた女は、髪は丸髷に結い、顎が細かった。質素な縞木綿の袷を着て、素足に下駄を履いている。

年齢は二十四、五と思われるが、身体は小柄で、痩せていた。

薄く口紅を差したほかは、化粧をしていない。

「どういうお方ですか」

お典がやや不安そうに尋ねた。

にこやかに、お豊が答える。

「雅鳥さんという、ものわかりのよさそうなお店の衆ですよ。きっと、お典さんがお好みに合うだろうと思って、すぐに呼びにいかせたのですよ。

さっきから待っていなさいます。たったひとりで酒を呑んでいなさるから、すぐに二階へおあがりなさい。

うまくいけば、祝儀をはずんでくれるかもしれませんよ」

小間物屋だけに、店先でお豊とお典が話をしていても、目立つことはない。

「はい、では」

お典が一礼して、店先を離れる。
裏にまわり、勝手口から入っていった。

第一章　バラバラ死体

一

南町奉行所の定町廻り同心、鈴木順之助は中間(ちゅうげん)の金蔵を供に従え、受け持ち区域である下谷を巡回していた。

「さて、次は山崎町だな」

歩きながら、鈴木がつぶやく。

次に立ち寄るのは、下谷山崎町の自身番である。

鈴木は格子の着物を着流しにして、竜紋の裏のついた三ッ紋付の黒羽織を、裾を内側にめくりあげて端を帯にはさみ、短く着ていた。俗に言う、巻羽織(まきばおり)である。

せまい帯をやや下のほうに締め、刀は落とし差しにしていた。懐中には十手を入れているため、膨らんでいる。足元は白足袋に雪駄だった。

そのいでたちは、ひと目で「八丁堀の旦那」、つまり町奉行所の同心とわかる。

そのため、すれ違う男女はみな頭をさげて道を譲った。

四辻の角に、間口二間（約三・六メートル）、奥行き三間（約五・五メートル）ほどの、瓦屋根の小屋があった。

前面に低い柵がめぐらされ、内側には玉砂利が敷き詰められている。

玉砂利を踏みしめて進むと、小屋の入口は腰高障子が引き違い二枚で、一枚に「自身番」、もう一枚に「下谷山崎町」と筆太に書かれていた。

定町廻り同心は、巡回で自身番に立ち寄ったとき、

「番人、町内に何事もないか」

と声をかけるのがしきたりである。

ところが、鈴木は声をかける必要はなかった。

上框に腰をおろしていた男が立ちあがり、

「旦那、お待ちしておりやした」

と、頭をさげた。

鈴木に手札をもらっている、岡っ引の辰治である。

縞の着物を尻っ端折りし、紺の股引を穿いていた。足元は、黒足袋に草履であ

る。

「ほう、てめえが自身番で拙者を待っているってことは、事件だな。しかも、まともな事件ではあるまい。

　首が胴から離れたか、胴体が真っぷたつになったか……それとも手足がちぎれたか」

「へへ、旦那、『瓢箪から駒が出る』ですぜ。まさに、そのとおりのバラバラ事件ですよ」

「え、まさか」

　さすがに鈴木も驚いている。

　そのときには、部屋から初老の男が上框に出てきていた。

　自身番に詰めている町役人である。羽織を着て、恰幅がよい。

「鈴木さま、お役目、ご苦労に存じます。あたくしは五左衛門と申します。

　いま親分が申されたとおりでして、町内でバラバラ死体が見つかったものですから、ご検使をお願いいたします」

「ふうむ、まず、いきさつを話してみな」

「山崎町は坂本村と接しておりまして、ちょっと歩くと、田んぼや畑が広がって

おります。今朝、夜が明けるや否や、百姓が真っ青になって自身番に駆けこんでまいりまして、

『田んぼに、人の腕と足が落ちております』

と申しましてね。

そこで、町内の鳶の者にも声をかけて集まってもらい、田んぼに行ってみたのです。たしかに、片腕と片足のような物が泥から出ておりました。

『引きだしてみないと、たしかなことはわからない』

というわけで、鳶の者が手でつかんで、引っ張りだしたのです。たしかに、人の腕と足でした。

もう、大騒ぎになりましてね。すぐに人を辰治親分の家に走らせ、来てもらったのです」

辰治の家は、山崎町とはごく近い下谷御切手町（したやごぎってちょう）にあった。女房が汁粉屋をやっている。

「へい、そんなわけで、わっしが呼ばれて来たわけですがね。わっしは片腕と片足だけのはずはないと見まして、

『みなで手分けして、近くの田んぼや畑、草むらまで、くまなく調べてみろ』

と言ったのです。

そして、みなであたりを見ていくと、出てくるわ、出てくるわ、次々と見つかりましてね。胴体も輪切りになって、草むらに落ちていましたよ」

「ほう、それは大漁だったな」

「見つかった物を筵（むしろ）の上に並べていくと、ちゃんと人の形になりましたよ。ただし、首は見つかっておりません」

「ふうむ、それで、男か女かはわかるのか」

「へい、股座（またぐら）にへのこがありやせんから、女ですね。それに、股座に毛がもじゃもじゃ生えていますから、大人の女です。女にしても小柄なほうですが、あの毛の生え方は子どもじゃあ、ありやせんね」

辰治が自信たっぷりに言った。

そばで、五左衛門が眉をひそめている。辰治の露悪的な表現は、聞いていて不愉快らしい。

鈴木が言った。

「では、検分しようか。案内してくれ。

ところで、股座は水で洗っているだろうな。泥まみれの女の股座なんぞ、見た

「へへ、ご心配なく。股座だけは、田んぼの水で斎戒沐浴させておきやしたよ」

「ほう、気が利くな」

鈴木と辰治は下品な冗談を言いあい、ニヤニヤしている。

五左衛門は懸命に嫌悪感をおさえていた。

＊

田んぼのいくつかはすでに田植えが終わり、青々とした苗が風にそよいでいる。その上を、白い蝶が舞っていた。

いままさに田植えの真っ最中のところもあり、多くの男女が泥の中で腰をかがめている。今朝の騒動は、農民にとって迷惑極まりなかったに違いない。

若い男ふたりが六尺棒を手にして、田んぼのそばの草むらに立っていた。ふたりとも印半纏を羽織っているので、鳶の者であろう。

五左衛門が声をかける。

「ご苦労、お役人のご検使だ」

「へい、こちらでごぜえす」

鳶の者が、草むらに敷かれた筵を示した。

筵の上に、首のない、真っ裸の死体が置かれている。実際は腕や足や胴はバラバラに切断されているのだが、いちおう人体の形に配置されていた。

「ふうむ、女だな」

鈴木が筵のそばにしゃがみながら言った。

同じく横にしゃがみながら、辰治が言う。

「首がないので、年のころはわかりませんがね」

「てめえが言うように、子どもでないのはたしかだ。しかし、婆ぁさんでもないな。さて、検分していこうか。

とくに、てめえがお勧めの見どころはあるか」

「生きていればともかく、こうなってしまっては、お勧めするほどの代物(しろもの)じゃあ、ありやせんよ」

「そりゃそうだな」

無駄口を叩きながら、鈴木が全身を子細に点検していく。

点検を終えると、言った。

「では、切断面を見ていこう。てめえ、腕や足をひとつずつ持ちあげて、切断面を拙者に見せろ。おい、金蔵、てめえも手伝え」

「へい、かしこまりやした」

供の金蔵が、担いでいた挟箱を草の上におろし、そばに来た。

辰治と金蔵が人体の各部を手に取り、切断面を鈴木に示す。

ふたりとも死体には慣れているので、片手や片足を平気で持ちあげている。そのたびに、たかっていた蠅が舞いあがった。

ふたりに人体の各部を持たせておいて、丁寧に切断面を観察している鈴木を、そばに立つ五左衛門と鳶の者が気味悪そうに見守っていた。

切断面を見終わると、鈴木が言った。

「もとに戻せ」

金蔵と辰治が、

「親分、右と左が逆じゃねえですか」

「おいおい、金さん、おめえのほうが違っているぜ」

などと冗談を言いあいながら、人体各部を筵の上に配置していく。

まるで、ふたり協力して和気藹々と、細工物を組み立てているかのようだった。

筵の上に、首のない裸体が完成した。

あらためて死体を眺めたあと、鈴木が言った。

「身体には、とくに刺し傷や打撲の跡はない。首を絞めて殺したのだろうな。ただし、首がないので、絞殺の痕跡は見つからない。

殺したあと、死体の始末に困り、バラバラにしようとしたのであろう。

あちこちの関節のあたりに刃物傷があるが、骨で止まっている。おそらく包丁で切断しようとしたのだろうが、とても切断できなかったのだろうよ。

以前、蘭方医の沢村伊織先生が、

『猪や鹿の解体に慣れた猟師なら、関節のところを包丁できれいに切断していきますが、素人には無理です』

と、言っていたじゃないか」

「へい、へい、たしかに先生がそんなことを言っていましたね」

辰治も思いだしたようだ。

鈴木が続ける。

「包丁で切断できなかったので、鋸を持ちだしてきた。鋸でギーコ、ギーコと切ったのだろうな。

切断面を見ると、骨がギザギザになっている。鋸の歯の跡だろうな。身体を手ごろな大きさにバラバラにしておき、このあたりに捨てにきたのさ」

「首がないのは、身元をわからなくするためでしょうね」

「うむ、首だけ地面に埋めたか、川に捨てたか。もしかしたら、壺に入れて塩漬けにしたか。糠漬けにしたかもしれぬがな」

五左衛門が、ウッと上半身をかがめた。

鈴木の悪趣味な冗談に、吐き気を覚えたようだった。我が家の糠漬けを思いだしたのかもしれない。

辰治はニヤニヤしている。

気を取り直し、五左衛門が言った。

「女を絞め殺し、鋸で五体をバラバラにするなど、残忍な男ございますな。冷酷非情な男と申しましょうか」

「いや、男ではあるまい。おそらく、女の仕業だろうよ」

「ま、まさか。お言葉を返すようですが、非力な女に、そんな大それたことができるでしょうか」

五左衛門が信じられないという顔をしている。

かたわらの鳶の者の表情にも、鈴木に対する不信感があった。

――この役人、なにを頓智気なことを言ってやがるんだ。

という気分であろうか。

鈴木が悠揚迫らず、辰治に言った。

「おい、もし、てめえが痴話喧嘩のあげく、この女を絞め殺したとしたら、死体はどう始末する」

「へい、見たところ小柄で、しかも痩せています。さほど重くはないですな。わっしなら死体は俵に詰めますね。

そして夜がふけるのを待ち、俵を肩に担いで隅田川のそばまで行き、水に放りこみますよ。俵に石を詰めこんでおけば、あっという間に沈んで、それで終わりですな」

鈴木が五左衛門を見た。

「いま辰治が言ったのが、まさに男のやり口だ。よぼよぼの爺ぃならともかく、普通の男なら間違いなく辰治と同じことをする。いちばん簡単で、もっとも確実な死体の始末法だ。

ところが、女には死体を担いで捨てにいくなど無理。そこで、五体をバラバラにして、運びやすくしたわけだ。何度かに分けて運び、このあたりに捨てたのだろうよ」

「ははあ、なるほど、女が死体を担いで歩けないのはわかります。しかし、女に鋸で死体を切断するなど、そんな大それたことができるでしょうか」

まだ五左衛門は懐疑的だった。

鈴木が言う。

「俗にいう『火事場の馬鹿力』さ。切羽詰まった状況に追いこまれると、人間は日頃では考えられないような力が出るし、大胆不敵なことをするものだ。残虐とか残忍とかは無関係だ。

死体を前にして、女は最初は呆然としていたろうよ。そのうち、ハッと気がつく。

『この死体をどうしよう。どこかに隠さなければ』

というわけさ。

しかし、いい案はない。焦燥感に駆られ、包丁で切断しようとしたが、うまくいかない。切羽詰まり、鋸で五体をバラバラにしたのだろうよ。

鋸を引いているときは恐慌状態だったので、恐怖なぞなかったろう。まさに必死で狂乱状態だったのだろうな」

「ははあ、なるほど、さようですか。それで、ようやく納得できた気がいたします。鋸を引いた女は、必死で狂乱状態だったのですな」

「女ではないという思いこみは、下手人を見過ごすことになりかねんぞ」

「はい、心得ました」

神妙な顔で、五左衛門が頭をさげた。

鈴木が金蔵に出立の合図をする。

五左衛門があわてて言った。

「ところで鈴木さま。この死体はいかがいたしたら、よろしいでしょうか」

「そうだな。死体の噂を聞きつけて、

『わたしの女房かもしれません』

『わたしの娘かもしれません』

などと、名乗り出てくる者がいるかもしれぬ。

それを考えると、しばらくこのままにしておいたほうがよいのだがな。

しかし、首はないし、髪飾りや着物なども、いっさいないからな。自分の女房だ、娘だ、と断言できる者はいないであろうよ」

鈴木も渋い顔になる。

辰治が言った。

「旦那、股座をしげしげと見て、

『あたくしの女房でございます』

と申し出る男がいるかもしれませんぜ」

鈴木は吹きだしそうになったが、かろうじてこらえた。

「このままだと、じきに臭いだすぞ。そうなれば、町内の者は迷惑であろう。やむをえぬ。

自身番で早桶を手配し、寺の墓地に送って葬ってやるがよい。身元がわからぬから、無縁仏だな」

「はい、かしこまりました」

五左衛門は死体を寺に送れるとわかり、安堵していた。自身番でしばらくあずかれなどと命じられるのを、内心では危惧していたのであろう。

検使を終え、鈴木、金蔵、そして辰治が去る。

下谷山崎町の通りを歩きながら、鈴木が辰治に言った。

「絞め殺し、死体をバラバラにした場所は、さほど遠くないはずだぞ」

「へい、わっしもそう思いやす。夜道を二、三度は往復したでしょうからね。遠いと、とても無理ですぜ。

それと、近くに川や池がない場所ですな。川や池があれば、そこに放りこんだはずですから」

「うむ、近くに田んぼがあるのを知っていて、苦しまぎれに、田んぼに捨てることにしたのであろう」

「そう考えていくと、意外と山崎町に住んでいる人間かもしれませんぜ」

「それも充分に考えられるな。山崎町で、行方が知れなくなった女がいないかどうか、まず調べてみろ」

「わかりやした。子分も使って、聞き込みをしてみやすよ」

「うむ、頼むぞ。死体の身元をあきらかにするのが第一歩だからな。

では、拙者は巡回に戻る」

「へい、わっしは聞き込みの手筈をつけやす」

鈴木は金蔵を従え、次の自身番に向かう。

辰治はこれから、子分のひとりひとりのもとに出向き、

「近所に、急に姿が消えた女はいないか、調べてみてくれ。小柄で痩せ型の、年のころは十五、六歳から四十歳くらいの女だ」

と、聞き込みを命じるつもりだった。

子分は五、六人いる。しかし、とても給金は払えないため、みななんらかの職に就いていた。仕事のたびに、辰治はそれなりの手当てを与えるのみである。

いっぽう、子分にしてみれば、手当てはさほど重要ではなかった。「辰治親分の手下」という称号が大事だったのだ。

岡っ引の手下とあれば、仲間内で大きな顔ができるし、なにより、揉め事に巻きこまれたとき、辰治に助けてもらえるのが心強かった。

二

湯島天神の参道を歩いていた沢村伊織は、どことなく威圧的な雰囲気のある男に気づいた。

とくに本人が意識しているのではあるまいが、自然と歩き方にも周囲を威圧す

る雰囲気が滲み出ている。見ると、岡っ引の辰治だった。

「おや、親分」

「おや、先生。近くまで来たもので、ちょいと足をのばして、先生のところにうかがうつもりだったのです。

　ところで、これから往診ですか」

「いや、往診から戻るところです」

「それはよかった」

　そう言いながら、辰治は不思議そうに、伊織に従っている少年に目をやる。

　まだ前髪があり色白で、まるで女の子のような優しい顔立ちだった。手に、薬箱をさげている。

「お弟子ですか」

「はい、門前の備前屋という薬種問屋の倅で、長次郎(ちょうじろう)といいます。備前屋の主人に、弟子にしてやってくれと頼まれましてね。

　もちろん、本人は医者になるわけではありませんが、いずれ商売を継ぐとき、役に立つであろうということでしてね。診察や治療、それに薬の調合なども手伝わせています。

住み込みではありませんから、朝やってきて、夕方には家に帰るのですがね」

「そうでしたか。先生には若いお内儀、それに若衆の弟子がいるわけどすな。羨ましいですなぁ」

辰治の冗談は、いつも卑猥な意味合いがある。

湯島天神の門前は陰間で有名なだけに、まるで長次郎を陰間扱いだった。若衆には陰間の意味もあったのだ。

伊織は冗談を無視する。

「まあ、ともかく一緒に行きましょう」

三人で家に着くと、お繁が愛想よく、

「あら、親分、おひさしぶりですね」

と、辰治を迎えた。

すぐに、茶と煙草盆を出す。

下町の商家育ちだけに、お繁は如才なかった。長次郎に対しても、

「長さん、ご苦労さま、お腹が空いたろう。蕎麦饅頭があるよ」

と、ねぎらいを忘れなかった。

辰治が聞き逃さない。

「ご新造さん、わっしも歩き疲れて、ちょいと小腹が空いたところでしてね。よかったら、饅頭をくださいな」

「はい、わかりました。

お熊、親分と長さんに饅頭を出しておくれ」

「へ〜い」

台所で、下女のお熊が間延びのした返事をする。

煙管で煙草を一服して、辰治が、

「じつは、行き詰っている調べがありやしてね。それで、先生に知恵を借りにきたのです」

と前置きをするや、バラバラ事件の顚末を語った。

伊織は聞きながら、同心の鈴木順之助の見解に感銘を受けた。

「鈴木さまは慧眼ですね。驚きました。

私も最初は、五体をバラバラに切断するなど、男の仕業であろうと思いました。むしろ女の仕業という見方は、目から鱗が落ちる思いです」

「町役人の五左衛門も最初は信じられないという顔をしていましたが、最後は納得したようでした。

女が殺害し、死体をバラバラにして、夜道を歩いて捨てにきたとすれば、そんなに遠くではありません。ごく近い場所のはず。殺されたのは下谷山崎町の女かそのあたりと見て、あっしは子分も動員して、

『行方不明になっている女はいないか』

と、丹念に聞き込みをしたのです。

行方が知れないという女は、いるにはいましたが、五、六歳の女の子や、六十歳の婆ぁでしてね。

とくに死体にあてはまるような女ではありません。そこで範囲を下谷全域に広げて聞き込みをしたのですが、収穫はなし。該当する女がいないというのが、ちょいと不思議でしてね。

わっしも、ほとほと歩き疲れましたよ」

じっと聞き入っていた伊織が口を開く。

「女が殺され、バラバラに切断されたのは、下谷山崎町かその近くに違いありますまい。しかし、殺された女が下谷に住んでいたとはかぎりませんぞ」

「え、どういうことですかい」

「たとえば、神田の須田町に住んでいる女が、なんらかの理由で下谷の某所に行き、そこで殺されたことも考えられるのではないでしょうか」

「えっ」

辰治が虚を衝かれた顔になった。

続いて、天井を仰いで唸る。

「う〜ん、そうか。迂闊でしたな。

女が殺され、バラバラにされた場所は下谷だとしても、その女が下谷に住んでいたとはかぎりませんな。

となると、江戸全域を調べなければなりません。いや、もしかしたら田舎から江戸に出てきたばっかりの女かもしれません。

う〜ん、こうなると、もう、お手あげですな。う〜ん」

「殺された女の身元を探るのは、いまの段階では無理かもしれませんね」

「しかし、これでまったく手がかりがなくなったな。鈴木の旦那に合わす顔がありやせんぜ」

辰治が嘆いた。

伊織が指摘する。

「親分、手がかりがひとつ、あるではありませんか」

「え、なんですかい」

「親分の家に鋸はありますか」

辰治は唐突な質問に、やや戸惑っていた。

「そんな物はありやせんよ。汁粉屋が鋸を使うことなどありませんからね」

「もちろん、我が家にもありません。立花屋には鋸はあるか」

伊織がお繁に言った。

お繁の実家は、湯島天神の門前町の、立花屋という仕出料理屋である。

「立花屋ではときどき棚を新しくしたり、台所の床を修理したりすることがあるのですが、そんなとき、近所に住む大工を頼んでいました。

大工が道具箱を肩に担いで現れるのが、なんとも粋でしてね。道具箱から鋸を取りだし、材木を切っていく手際のよさといったら……あたしはそばで、うっとりして眺めていたものでした」

「大工の仕事ぶりはともかく、立花屋には鋸はあるのか、ないのか」

苦笑しながら伊織が問う。

お繁があっさりと答える。

「立花屋には鋸はないですね。あたしは見たことがありません」

続いて、伊織が弟子の長次郎に言った。

「備前屋に鋸はあるか」

「わたしも、ご新造さまが言われたように、大工が鋸を使って木材を切っているのは見たことがございますが。備前屋に鋸があるのは、見たことがございません。どこかを直すときは、大工を頼んでいます」

ここに至り、辰治も伊織の言わんとするところがわかったようだ。大きくうなずく。

「なるほど、普通の家や店には鋸なんぞ、ありやせんね。鋸を持っているのは大工か、木の細工をする職人か、まあ、そんなところでしょうかね。

すると、大工や職人の女房か娘が下手人ですな」

「いや、そうとはかぎりますまい。鋸は借りたのかもしれません」

言い終えたあと、伊織は頭がもやもやするのを感じた。

どこか、ずれている気がする。

ハッと気づいた。

「借りたら、返さねばなりません。まさか、死体を切断した鋸を返すわけにはいきますまい。なんらかの痕跡が残り、気づかれる恐れがありますからね。鋸はきっと買ったはずです。しかし、新品ではありますまい。古道具屋や古物屋をあたれば、わかるのではありますまいか」

「なるほど、さすが先生ですな。鋸を売っているとなれば、古道具屋でしょう。古道具屋をしらみつぶしにあたっていけば、きっとわかりやすよ。鋸は、そうそう売れる物ではありますまい。買いにきた人間を覚えているはずです。

よし、これで方向が決まったぞ」

辰治がにわかに張りきりだした。

上皮を蕎麦粉で作った蕎麦饅頭を口に放り、茶で流しこむ。出立前の腹ごしらえだろうか。

「では、わっしは、これからさっそく古道具屋めぐりをしてきやすよ」

辰治が立ちあがる。

三

「おい、番人」

横柄な声がかかった。

下谷山崎町の自身番に詰めていた五左衛門は、町奉行所の役人ではないなと判断した。

しかし、武士には違いない。見ると、羽織袴で、腰に大小の刀を差していた。

五左衛門はちょうど、茶を飲みながら将棋を指しているところだった。相手は町内の商家の手代で、主人の代わりに詰めている。

目で将棋を隠すよう指示したあと、五左衛門は入口に置いてあった膝隠しの衝立(ついたて)を横にずらした。

「はい、なにかご用でございましょうか」

「町内でバラバラに切断された女の死体が発見されたと聞いた。そのことについて、ちと尋ねたい」

五左衛門はハッとした。

死体が発見されて以来、初めての問いあわせである。しかも、相手は武士だった。胸の鼓動が早くなる。

（落ち着け、落ち着け）

自分に言い聞かせたあと、まず言った。

「あたくしは五左衛門と申します。失礼ながら、あなたさまは、どちらの、どなたさまでございましょうか」

「堀又七郎（ほりまたしちろう）と申す。屋敷は下谷車坂町（したやくるまざかちょう）じゃ」

のっぺりとした顔で、色白だったが、どことなく病的な白さだった。体格は肩幅が広いが、頑健さより腺病質が感じられる。

堀の物腰は居丈高だった。しかし、五左衛門は、町人に対する一種の虚勢であろうと思った。

下谷車坂町には微禄の御家人の組屋敷がある。堀はそんな御家人のひとりに違いない。幕臣と言っても、陰では町人に軽んじられる存在である。年のころは三十前後であろうか。

ただし、五左衛門は内心の軽侮は微塵も見せず、あくまで幕臣に対する礼儀は失わなかった。

「すでにもう、埋葬されておりましてね」

続いて、死体が発見された経緯や、すでに町奉行所の役人の検使も受けたことを説明した。

さらに、五左衛門は役人の許可を得て埋葬したことを強調する。

「お奉行所のお役人のご指示でございましてね。あたくしどもは、それに従いました」

「ふうむ、すでに埋葬されておるのか。ところで、何歳ぐらいの女だったのか。顔つきはどうじゃ」

「じつは、見つかったのは手足と胴体だけでございまして、首は見つかっていないのです。ですから、容貌がまったくわからないのはもちろん、年齢もよくわかりませんでね。かろうじて言えるのは、子どもではない、老婆でもない、ということぐらいでございますな。

ところで、堀さまは、死体になにか心あたりがあるのでございますか。わざわざ、自身番にお尋ねにいらしたわけですから」

本当は、五左衛門はずばり、「お内儀の行方が知れないのですか」と問いたかった。しかし、さすがに遠慮した。

堀が取り繕うように言う。

「いや、拙者の屋敷の奉公人ではないかと思ってな。急にいなくなったもので、心配しておる」

「さようでしたか」

五左衛門は納得したように答えながら、内心では堀の妻が行方不明になっているに違いないと思った。

外出した妻が帰宅せず、疑心暗鬼になっているところに女のバラバラ死体の噂が耳に入ったのであろう。さんざん迷ったあげく、自身番を訪ねてきたに違いない。

「髪飾りや着物、履物などはなかったのか」

「いっさい、ございませんでした。真っ裸にし、髪飾りなども抜き取ったあと、五体をバラバラに切断し、捨てたと思われます」

「ふうむ、そうか。首はないとのことだが、手の指や、足の形などに特徴があるからな。見ることはできぬのか」

「遺体は町内の負担で、寺の墓地に埋葬しました。身元不明の行倒人の扱いでございます。

掘りだして調べることもできないわけではないでしょうが、その費用は堀さまのご負担となります。どうしても掘りだして調べたいということであれば、寺にご案内しますが」

「いや、そこまでしなくともよい。うむ、聞いたところ、拙者の心あたりの女とは違うようだな。うむ、もうよい。よくわかった

なにか、身につけていた物などが見つかれば、拙者の屋敷に知らせてくれ」

堀は踵を返すと、逃げるような足取りで帰っていく。

その後ろ姿を見送りながら、五左衛門は疑惑が募るのを感じた。勘に過ぎないが、堀の挙動は不審である。これは、岡っ引の辰治に報告しなければなるまいと思った。

五左衛門の立場では無理だが、岡っ引であれば、それなりに幕臣の素性を探ることもできよう。

五左衛門はさっそく文机（ふづくえ）に向かった。自身番には、紙も文房具も常備されている。岡っ引をしている以上、辰治はそれなりに読み書きはできるはずだと思ったが、五左衛門はできるだけ漢字を少なくして書いた。

四

最初に訪ねたのは、下谷御切手町にある古道具屋だった。

岡っ引の辰治にしてみれば、自分が住む町内だけに、主人とは面識があることが大きかった。

辰治が暖簾をくぐって土間に足を踏み入れると、店先に座っていた主人が声をかけてきた。

「おや、親分、いらっしゃりませ。

そういえば、このところ、湯屋でお目にかかりませんな」

「うむ、女房に『きれいにしておいで』とも言われないのでね、もう湯で磨きあげる気もなくなったよ」

「へへ、ご冗談を」

「ところで、おめえさんのところは、鋸は置いているかね」

「へい、置いておりますよ」

主人が壁に立てかけた大小の鋸を手で示した。

そばに、火箸と五徳が並んでいる。

「最近、鋸を売ったか。つまり、誰か鋸を買いにきた者はいるかね」

「さあ、鋸を売ったのは一年ほど前でしょうかね。そのあとは、とんと動きがございませんな。鋸は売れ筋ではありませんでね」

「そうか」

最初から当たりがあるとは思っていなかったが、それでもやはり辰治は軽い落胆を味わった。

ふと思いつき、念を押す。

「最近、鋸がなくなったとか、盗まれたことはないかね」

主人は鋸の数を確認したあと、

「ちゃんと、ございますな。なくなっても、盗まれてもおりません。

ところで親分、鋸の行方をお尋ねということは、家尻(やじり)切りのご詮議ですか」

と、好奇心をあらわにした。

家尻とは、家屋や蔵の後ろのほうのことである。また、家尻切りとは、盗賊が家尻を切り破って侵入することで、柱などを鋸で切断する。

「おめえさん、家尻切りなんぞという言葉をよく知っているな。さては、おめえさん、家尻切りをやっていたな」

「ま、まさか、滅相もない」

「冗談だよ。

ところで、下谷一帯の鋸を売っていそうな古道具屋や古物屋を教えてくんな。同業だから知っているだろう。これから一軒、一軒、訪ねてみるつもりだ」

「へい、ご苦労ですな」

主人にそれぞれの場所を教えられ、辰治は次に、死体が見つかった下谷山崎町の古道具屋を訪ねた。しかし、やはり外れだった。

三番目に下谷（したや）御具足町（おぐそくちょう）、四番目に下谷山伏町、五番目に下谷坂本町、六番目に下谷車坂町を訪ねたが、すべて空振りだった。なかには、そもそも鋸を扱っていない店もあった。

さすがに辰治も疲れきり、その日は六軒目で打ち切って家に帰った。

帰宅するや、手ぬぐいを持ってすぐに湯屋に行く。

湯からあがったあと、辰治は男湯の二階にある娯楽室で将棋を指すことが多かった。雑談をしながら、町内の動向をうかがうのだ。

また、将棋の相手をしている男も、雑談にかこつけて他人の不正行為を密告してくる。

男湯の二階の娯楽室は辰治にとって、ありがたい情報収集の場所だったが、今日ばかりはさすがに将棋を指す気分ではない。湯からあがると、そのまま家に帰った。

汁粉屋をやっているため、女房は忙しい。店は盛況のようだった。

辰治はひとり煙管をくゆらせていて、

（そうだ、下谷広小路だ）

と、思いついた。

上野の寛永寺は、将軍家の菩提寺である。筋違御門から下谷広小路を経て寛永寺に通じる道を御成道と呼んでいたが、将軍が寛永寺に参詣するとき、この道筋を通るからだった。

御成道でも、下谷広小路と呼ばれる部分は道幅が極端に広くなっていた。そもそもは、火災の延焼を食い止める火除地として、道幅を広くしたのである。

やがて、下谷広小路の両側には種々の商家や料理屋、茶屋が軒を並べ、いまでは江戸でも有数の繁華な地となっていた。

(下谷広小路なら古道具屋はかならずある。それに、人出が多いから、鋸を買っても印象に残りにくい。買うのに好都合と考えたに違いない。よっし)

辰治は明日、下谷広小路に行くことにした。

＊

朝から雨が降っていた。

辰治は笠をかぶり、桐油合羽を着て、素足に足駄を履いて家を出た。

下谷広小路には呉服屋の松坂屋がある。

松坂屋は、駿河町の越後屋、大伝馬町の大丸屋と並んで、江戸の代表的な大店だった。

いつもであれば、松坂屋は若い娘などでにぎやかなのだが、さすがに雨で客は少なそうだった。

松坂屋の前を通り、しばらく行くと、古道具屋らしき店があった。

雨なので、店先に置行灯は出ていない。軒先の看板には、

古物品々　前田屋

と書かれていた。

店内を見ると、火鉢や手焙りなどが所せましと置かれているが、金属製品を集めた一画があった。包丁や薬缶、蠟燭立てなどを並べた奥に、鋸や鑿などの大工道具がある。なぜか、上から大きな鈴が吊るされていた。

店先に座った主人らしき男は、いかにも恨めしそうに雨脚を眺めている。客はほとんどないのであろう。

辰治は笠を取り、振って水滴を落としたあと、暖簾をくぐって土間に立った。

「へい、いらっしゃりませ。なにか、お探し物でございますか」

「わっしは、こういう者だがね」

ふところから十手を取りだし、辰治が見せた。

たちまち、主人の顔が強張る。それまでの退屈が一瞬にして吹き飛んだようだ。

「なにか、お調べでございますか」

「大工道具も置いているようだな」

「へい、いろいろと取りそろえております」

ていたものですから」

「最近、鋸を売った覚えはないか」

「へい、鋸でございますか。たしか、数日前に売れたようですな」

「売れたよう、とはどういうことだ。おめえさんが売ったのではないのかね」

「その日、あたくしはたまたま外出しておりまして、庄吉という手代が店番をし
ていたものですから」

「では、その手代に話を聞きたい」

「いま奥の物置におりますので、呼んでまいります。少々、お待ちくださいい」

主人が立ちあがり、店の奥に行く。

辰治は、前田屋はまだ蔵ではなく、物置なのだ、と思った。もちろん、いずれ
蔵を建てるのが念願であろう。

主人に伴われて、手代の庄吉が現れた。

頭に巻いていた埃よけの手ぬぐいを取り、店先にきちんと座る。

「お売りした鋸の件でお尋ねでございますか」

庄吉が不安そうに言った。

故買の疑いがかかっていると思っているのであろう。

辰治が安心させるように言った。

「盗品を販売した故買の疑いではない。買った人間について聞きたい。買ったのはどんな人間だ」

「女でした。女が鋸を買うのはとても珍しいので、あたくしもはっきり覚えております」

辰治は「当たりだ」と叫びそうになったが、ぐっとこらえる。

次が、肝心な質問である。

「それは、いつだ」

「数日前なのですが、くわしくは……」

庄吉が首を傾け、思いだそうとしている。すぐに思いだせないのが、なんとも焦れったい。

横から主人が、

「帳面を見ればわかりますよ」

と言い、壁にかかった大福帳を手に取った。

分厚い大福帳をめくり、すぐに鋸が売れた日を見つけた。

「ああ、これですな」

主人が告げた月日は、まさにバラバラ死体が発見された前日だった。

（もう、間違いない）

辰治は自分を落ち着かせるため、大きく息を吐いた。

「鋸を買った女について、覚えていることをすべて教えてくれ」

「はい、あたくしが覚えていることでしたら」

「何歳ぐらいだ」

「十七、八歳くらいでしょうか。商家の下女のようでした」

「商売がなんだとか、住まいがどこだとかは、聞いたか」

「いいえ、そういう話はいっさいしませんでした。ずいぶんと急いでいるようでして、鋸を買うとすぐに帰っていきました」

「ふうむ、そうか。なぜ鋸が必要なのか、なにを切るのかなどは聞いたか」

「へい、あたくしは親切のつもりで、

『なにを切るつもりですか』

と、お聞きしたのです。

すると、いかにも迷惑そうに、

『旦那さまに、買ってくるよう頼まれたんだよ』

と、突慳貪な答えが返ってきましてね。それで、あたくしもそれ以上は聞きませんでした」

「ふうむ、なるほどな。

おめえさん、もしその女の顔を見たら、わかるか」

「さあ、そのときになってみませんと、なんとも。申しわけありません」

庄吉が自信なさげに言った。

やはり、実際に対面してみないとわかるまい。いまは、なんとも言えないであろう。

「商売の邪魔をして悪かったな。おかげで、いろいろとわかったよ。わっしは、下谷御切手町の辰治という岡っ引だ。

今日の礼というわけではないが、もし強請りたかりまがいの、たちの悪い客がいたら、わっしに相談に来な。それなりに力になるぜ」

「へい、ありがとう存じます」

ふたりがそろって頭をさげる。

辰治は笠をかぶり、

「まだ、やみそうもねえな」

と、つぶやきながら、雨の中に出ていく。

通りを歩きながら、辰治は、

（ついに、突きとめたぞ）

と興奮していた。

だが、歩いているうち、ハッと気づいた。

判明したのは、バラバラ死体が発見された前日、商家の下女らしき若い女が下谷広小路の前田屋で鋸を買った、という事実だけである。

犯行場所もまだ特定されていないし、肝心の殺された女が誰なのかも皆目わかっていない。

調べが大きく前進したとは、とても言えない状態だった。

歩きながら、

「う〜ん、『ぜんとりょうえん』だな」

と、つぶやき、辰治はまたハッと気がついた。

（待てよ、ぜんとりょうえんは、漢字ではどう書くのかな）

「ぜんとりょうえん」は講釈で聞き覚えた熟語で、「達成までの道のりが非常に長い」という意味なのはほぼわかる。しかし、漢字で「前途遼遠」と書くのは知らなかったのだ。

辰治は雨の中を歩きながら、ひとり苦笑した。

勝手口から家の中に入ると、女房のお常が台所にいた。襷がけをして着物の袖をまくりあげ、前垂れをしている。

へっついの上に置いた大鍋で、汁粉がよい香りを放っていた。

お常は夫を見て、

「おや、お帰り。さっき山崎町の自身番から人が来て、これをおまえさんに渡してくれとさ」

と、手紙を手渡す。

辰治が「使いの者は、なにか言っていたか」と口にする前に、店のほうから、

「女将さん、ちょいとお願いします」

と女中が呼んだ。

お常は亭主を尻目に懸け、

「あいよ」

と返事をしながら、さっさと店に出ていく。

店はにぎわっているようだ。

「まったく」

辰治は忌々しそうにつぶやきながら、手紙を開いた。

手紙は五左衛門からで、

堀又七郎という、御家人らしき武士が自身番を訪ねてきた。

堀の屋敷は下谷車坂町のようだ。

堀は、バラバラ死体が自分の身内、とくに女房ではないかという疑いをもっているのではあるまいか。

という意味のことが記されていた。

まさに大きな前進だった。前途に光明が見えた気がする。

「ほう、あの五左衛門、なかなか気が利くな。これで、あらたな手がかりが得られたぞ。

しかし、幕臣か、う～ん。さて、どう調べるか」

勇躍してくるものがあると同時に、相手が武士、とくに幕臣の場合の困難を知っているだけに、辰治は大きなため息をついた。
(これは早めに、鈴木の旦那の耳に入れておいたほうがいいな)
同心の鈴木順之助に報告するつもりだった。

第二章　武家屋敷

一

下谷車坂町の御家人の組屋敷地帯には、それぞれ黒板塀に囲まれた屋敷がびっしりと建ち並んでいる。

表札が出ているわけではないので、初めての人間には誰の屋敷なのかはまったくわからない。

また、大名や大身の旗本の屋敷であれば門番がいるので、尋ねることもできるが、御家人の屋敷には門番などいなかった。

岡っ引の辰治は風呂敷包を背負っていた。ただし、中身は適当に放りこんだ自分の着物である。品物を届けにきた商人をよそおったのだ。

最初は、どこかの屋敷から出てきた、中間などの奉公人に質問するつもりだった。

ところが、いっこうに人が出てこない。

どの屋敷も静まり返っていた。にぎやかな町家とは大違いである。

そんな静けさのなか、ときどき呼び声をあげながら野菜や魚の棒手振(ぼてふり)が通りすぎる。

辰治は思いついて、いかにも途方に暮れた様子で、棒手振に声をかけた。

「ちょいとお尋ねします。堀又七郎さまのお屋敷はどちらでござりましょうか」

だが、返ってきたのは、

「さあ、知らないね」

という答えだった。

次々と、行き会う棒手振に声をかけたが、誰も知らなかった。
六、七人目で、ようやく、
「ああ、堀さまのお屋敷かい」

と答えたのは、気のよさそうな豆腐の棒手振だった。

着物を尻っ端折りし、素足に草鞋履きである。天秤棒で前後に盥を担いでいた。

盥には水が張られ、豆腐が浮いている。

屋敷の場所を教えたあと、棒手振が言った。

「なにか、届け物かい」

「へい、堀さまに着物をお届けにあがりましてね」

「え、おまえさん、呉服屋かい」

棒手振は驚いていた。

呉服屋から届くとなると、新調の着物である。

着物を新調するなど、富裕な町人か上級武士にかぎられていた。庶民も下級武士も古着を買うのが普通である。棒手振が驚くのも、もっともだった。

辰治が相手の誤解を訂正する。

「いえ、あたしは古着屋ですがね。まとめてお買い求めいただいたものですから、お届けにあがったのです。

お屋敷の場所はうかがったのですが、いざ来てみると、どこがどこやらわからなくなりましてね。困りきっていたところでした。助かりましたよ」

「ああ、なるほど、古着屋と聞いて、納得したよ。

それにしても、古着を屋敷に届けさせるほど買いこんだわけだね。堀さまもこのところ、少し暮らし向きがよくなったようだからな」

「ほう、そうですかい。では、おまえさんも、呼ばれる回数が増えましたか」

「おいおい、暮らし向きがよくなっても、食べる豆腐が急に三倍にも、四倍にもなるわけじゃねえよ」

「なるほど、それはそうですな。

暮らし向きがよくなり、古着というわけですか。

ところで、おまえさん、参考までにお聞かせください。堀さまの暮らし向きがよくなったと、どうしてわかったのですか」

「いつも、お屋敷の下女に呼び止められるんだがね。半年ほど前から、呼ばれる回数が増えてね。しかも、それまでは二丁だったのが、三丁になったのよ」

「では、おまえさん、豆腐屋稼業も堀さまのおかげで、儲かっているじゃねえですかい」

「そうさね。しかし、豆腐の売上なんぞ、たかが知れているよ。古着のほうがはるかに値が高いじゃねえか。羨ましいぜ。

おまえさん、しっかり儲けな」

豆腐の棒手振は、笑いながら歩き去った。

「へい、ありがとうごぜえやす」

辰治は棒手振を見送ったあと、教えられた屋敷の近くまで行った。

さりげなく、前を何度か行き来する。

門は、二本の柱に横木を通しただけの簡素な冠木門だったが、柱がやや傾いていた。

黒板塀はところどころ、犬や猫が出入りできるほどの隙間ができている。

門が閉じられているので建物は見えないが、いかにも貧窮した武士の屋敷だった。

しかし、外からざっと眺めただけで、敷地は九十坪くらいあるのがわかる。

江戸の庶民の多くが裏長屋暮らしなのを考えると、住環境に関するかぎり、武士は格段に恵まれていた。御家人の堀又七郎も、敷地九十坪の拝領屋敷に、家賃なしで住み続けているのである。

（よし、今日のところはこれまでとしよう。あまりうろついていると、怪しまれるからな）

辰治はその日は、そのまま家に帰った。

二

翌日、辰治は商人ではなく、いつもの岡っ引のいでたちだった。

物陰から、堀又七郎の屋敷をうかがう。

狙うのは、奉公人の外出である。買い物はもちろん、湯屋に行くはずだった。

旗本屋敷には湯殿があるが、御家人の屋敷には普通、内湯はない。主人とその家族はもちろん、奉公人も湯屋に行く。下谷車坂町の町家に湯屋があり、そこに行くはずだと辰治は見当をつけていた。

ただし、じっと物陰にたたずんでいたら怪しまれるため、ときどきは一帯を歩きまわり、そして戻ってきた。

とにかく、ひたすら待つ。

今日は無理かもしれないと、なかばあきらめかけたときだった。

（ついに出てきたか。よし、ひとりだ）

二十歳前くらいの下女だった。縞木綿の着物で、素足に下駄履きである。

辰治は見え隠れにあとをつけた。

武家地を抜け、町屋に入ったところで、辰治は背後から声をかけた。

「おい、ちょいと待ちねえ」

振り向いた女の目に不安の色がある。

すばやく左右に視線を走らせているのは、いざというとき、どこに逃げようかと考えているに違いない。

辰治はふところから十手を取りだして、ちらと見せた。

「わっしは、お上からこういう物をあずかっている者で、辰治という。てめえ、堀又七郎さまの屋敷の奉公人だな」

「へい」

「名はなんという」

「芝でございます」

「そうか。ちょいと話を聞きたいのだが、てめえが素直に話をすれば、すぐに返してやる。それは約束しよう。

しかし、口をつぐんでいたら、自身番に連れていく。今夜は、屋敷に帰れないものと覚悟しな。

おい、お芝とやら、どうだ、てめえしだいだぜ」

「へ、へい、いったい、なんのことでございましょうか」

お芝の顔面は蒼白だった。

辰治がねめつけ、念を押す。

「問われたことには答えるのだな」

「へ、へい」

「よっし。しかし、こんな道端で男と立ち話をしているところを人に見られたら、てめえも迷惑だろう。わっしも、それなりに気を使っているつもりだ。寺の境内で話をしよう。ちょいと離れて、わっしについてきな」

近くには寛永寺の支院がたくさんある。

辰治は、そんな支院のひとつの山門をくぐった。

境内の中でも、本堂や庫裏からは離れた、人目につきにくい場所を選んだ。とくに茶屋や楊弓場があるわけではないので、境内は森閑としていた。参詣人もほとんどないようだった。

遅れてついてきたお芝に、辰治が言った。

「てめえ、湯屋に行くところだったのか」

「へい、さようです」

「それは好都合だ。湯屋だったら、戻るのが多少遅くなっても、いくらでも言いわけができるだろう。

さっそくだが、堀家のお内儀――つまり、堀又七郎さまの女房の名はなんというのだ」

「お典さまです」

「そのお典さまは、いま屋敷にいるのか」

「それが、そのぉ」

お芝が口ごもる。

辰治が目を怒らせた。

「おい、はっきり言え」

「へい、五、六日前に外出されたまま、お戻りでないのです」

「ほう、で、旦那の又七郎さまは、なんと説明しているのだ」

「旦那さまにお尋ねしたところ、

『実家に帰っている』

とのことでした。

あたしも、よくわからないのです」

「ふうむ、外出したままということだが、どこに出かけたのか」

「いつもどおり迎えがきて、お典さまは、

『宮脇のご隠居のところに行ってくるから』

と、おっしゃり、お出かけでした」

「宮脇のご隠居とは、誰だ」

「近くにある宮脇家の後家の、お雪さまです」

「後家の茶飲み話の相手をしているわけか」

「いえ、それが、違うようなのです」

お芝が泣きそうな顔になった。

辰治が言葉に力をこめる。

「おい、そこが肝心のとこだ。はっきり言え」

「へい、あるとき、宮脇家の下女と湯屋で一緒になり、帰りに団子を食べながら話をしたのです。

するとお典さまは宮脇家には行っていないのです。それに不思議なのは、宮脇家にもときどき迎えがきて、お雪さまは、

『ちょいと堀家に行ってくるから』

と言って、お出かけになるそうなのです。

もちろん、お雪さまは堀家には来ておりません。

あたしは、なにがなんだか、わからないのです。でも、下女の分際で口出しはできませんから。

一度だけ旦那さまに、お典さまの行先について尋ねたことがあるのですが、すごい目で睨まれ、

『よけいなことを聞くな』

と怒鳴られました。それ以来、口にはしておりません」

話を聞きながら、辰治はゾクゾクしてきた。

背後に、なんらかの悪巧みがあるに違いない。武家の妻女の醜聞かもしれなかった。

興奮をおさえ、質問を続ける。

「ほう、妙な話だな。

すると、お典さまを迎えにくるのは、誰だ」

「わかりません。宮脇家の奉公人でないのはたしかです。ただ……」

「ただ、なんだ。なんでもいい、気がついたことがあれば、教えてくれ」

「最初に迎えにきたとき、その女がお典さまに、

『山崎……』

と小声でささやいているのが聞こえたのです。

妙なのは、その後は、その女はいつも、

『宮脇家からまいりました』

と挨拶するのです」

「すると、迎えの女が最初に堀家に来たのは、いつだ」

「さあ、半年くらい前でしょうか」

辰治は、豆腐の棒手振が、半年くらい前から堀家の暮らし向きがよくなったようだと述べていたのを思いだした。時期として符合する。

また、山崎は下谷山崎町ではあるまいか。まさに、バラバラ死体の発見場所である。

「いろいろと、ありがとうよ。もう、これで終わりだ。湯屋に行っていいぜ」

「あのう、ご新造さまはどうしたのでしょうか」

「それを、いま調べているのよ。ちょいと、ややこしいことになりそうだぜ。

てめえ、岡っ引に話を聞かれたことなど、堀家で口にしないほうがいいぞ。宮脇家の下女にも言うな。さもないと、てめえも巻きこまれ、大変な目に遭うぜ。大事なのは、口をつぐみ、知らないふりをしていることだ。てめえが口をつぐんでいるかぎり、わっしがてめえを守ってやる。安心しな」

脅しつけたあと、辰治は懐柔する。

財布から十数文を取りだし、お芝の着物の袖に放りこんでやった。

「これで、湯屋の帰りに団子でも食いな。そうそう、てめえ、汁粉は好きか」

「へい、好きですが」

「わっしの女房が下谷御切手町で、金沢屋という汁粉屋をやっていてな。金沢屋に来れば、何杯でも汁粉はただで食わせてやるぜ。ただし、わっしがいるときでないと、ちょいと難しいがね。

女房は、ただ食いは許しそうにないからな。擂粉木で脳天をぶちのめしかねないぜ」

「へい、親分、ありがとうございます」

お芝がようやく笑顔になった。

(よし、次は、宮脇家の後家のお雪だな)

辰治は、確実に核心に近づいている気がした。

三

小声で言いながら、子分の半六が近寄ってきた。

岡っ引の辰治も小声で言う。

「おう、ご苦労だったな。代わるぜ」

半六は髪結床の下職だが、辰治の子分だった。ときおり、見張りや尾行に駆りだされている。たまには、捕物に加わることもあった。

また、髪結床の親方もこれを認めていた。というのも、岡っ引に恩を売っておくのは、いざというときに役立つからだった。

半六と、もうひとりの子分、それに辰治の三人交代で朝から夕方まで、宮脇家の監視にあたっていたのだ。

武家屋敷だけに、後家のお雪が日が暮れてから外出するのは考えられない。そのため、徹夜の監視はしないで済んだ。

監視をはじめて、すでに二日目になる。

辰治が半六の着物の袖に、いくばくかの銭を放りこんだ。

「腹が減ったろう。これで昼飯に蕎麦でも食いな」

「へい、ありがとうござんす。腹が減るのもそうですが、小便に行きたくなるのには弱りましたよ。

お武家屋敷の塀に向かって立小便をするのは、やはり気が引けましてね」

「てめえにしては、殊勝なことを言うじゃねえか。

それより、とくに変わったことはないか」

「さきほど、どこやらの奉公人風の若い女がお屋敷に入っていきました。しばらくして、出てきましたがね」

「え、その女、どっちへ行った」

「へい、あっちのほうへ」

半六が指さす。

もう、後ろ姿も見えなかった。

「てめえ、気が利かねえな。あとをつけようとは思わなかったのか」

「でも親分、女のあとをつけると、宮脇家の見張りができないじゃないですか」

半六が口をとがらす。

辰治はやりこめられ、苦笑せざるをえなかった。

「うむ、たしかに、そうだな。わっしが、もう少し早く来ればよかったのだ。すまねえ、惜しいことをした。

ともかく、てめえはもう帰りな」

半六が去ったあと、辰治は宮脇家の冠木門を見守る。

（女の使いが来たということは、後家のお雪は外出するはずだな）

子分のひとりが、宮脇家に出入りしている野菜の棒手振に接近して聞きこみ、ある程度のことはわかっていた。

棒手振は、宮脇家の下女に聞いたという。

それによると、お雪の夫は二年ほど前に死に、いまは倅が家督を継いでいるという。夫が死んだとき、倅はまだ元服前だったが、あわてて元服し、年齢を偽って家督相続したのだという。

武家社会ではよくあることだった。武家では、家を存続させることがなにより大事なのだ。

しばらくして、宮脇家の屋敷から三十代なかばくらいの女が出てきた。縞木綿の着物を着て、素足に下駄履きである。美人といってもよい顔立ちだったが、ほとんど化粧はしていない。

(お雪だな)

辰治は即座に断定した。

もちろん、お雪の顔は知らない。しかし、女の髪型が後室髷(こうしつまげ)だったのだ。

後室髷は、後家独特の髪型である。もう、お雪に間違いなかった。

それに、武家の妻女は外出に際してはかならず供がつく。いくら後家とはいえ、ひとりで外を出歩くのは不自然だった。

(堀家のお典も、こうやってひとりで、どこかに出かけていたのだろうな)

辰治はお雪を尾行する。

岡っ引として、尾行には習熟していた。万にひとつも失敗はしない自信があった。

いつしか、お雪は武家地を抜けて、町家に入っていた。行き交う人の数が増え、あちこちから棒手振の売り声が響いてくる。

あたりを見まわし、辰治は内心で叫んだ。

（おい、ここは下谷山崎町じゃねえか）

浮き立つ気持ちをおさえ、あとをつける。

お雪が向かったのは、二階建ての表長屋だった。

通りに面して商家が並んでいるが、お雪が立ち止まったのは、一膳飯屋と瀬戸物屋にはさまれた店である。

店先の置行灯の文字を読んで辰治は、そこが小間物屋で、屋号は遠州屋とわかった。

（小間物屋にしては寂れているな。品物も少ないようだ）

店先で、遠州屋の女房らしき女とお雪が話をしている。

辰治はハッとした。遠州屋の女房の髪型が切髪だったのだ。

（なんと、後家同士ということになるな。これはたまたまなのか、それとも、なにか意味があるのか）

しばらく話したあと、お雪が店先から離れて歩きだす。

妙だと思いながらも、辰治はお雪から目を離さない。

お雪の身体が、すっと路地に消えた。

辰治は急いであとを追いかけたが、不用意に路地に足を踏みこむことはしなかった。そんな軽率な行動をすると、相手に気づかれてしまう。まず、路地の入口からそっとのぞく。

路地は表長屋の裏手にあたり、それぞれの勝手口があった。

辰治は、お雪が勝手口から家の中に姿を消すのを確認してから、ゆっくりと路地を進んだ。

お雪が入った勝手口の腰高障子を、歩きながら横目で見ると、「遠州屋」と書かれていた。

(人目につかないよう、わざわざ裏から家の中に入ったことになるな)

辰治は立ち止まらないよう路地を歩きながら、首だけ曲げて二階を眺める。

それまで、遠州屋の二階の、路地に面した窓は明かり採りのため開け放たれていた。

ところが、その障子がすっと閉じられた。お雪が二階の部屋に着いた頃合になろうか。

(ふうむ、なるほどな)

辰治はほぼ、からくりがわかった気がした。

(しかしなぁ、お武家の後家だからなぁ)

慨嘆というより、半信半疑の気分だった。

＊

路地から表通りに戻った辰治は、しばらく迷った。

遠州屋の事情は、隣の一膳飯屋か瀬戸物屋がくわしいであろう。だが、隣人だけに、いくら口止めをしても、

「岡っ引が遠州屋のことを、根掘り葉掘り尋ねていたよ」

と、そっと知らせかねなかった。

いまの段階では、岡っ引が目をつけていることを遠州屋に悟られてはならない
――これは辰治の勘だった。

（ここは、慎重にしないとな）

いろいろ考えたあげく、下谷山崎町の自身番に足を向けた。

自身番には五人が詰めるのが規則だった。五人もいれば、そのうちの誰かが遠州屋のことを知っているかもしれないと考えたのだ。

部屋の中からひとりが、玉砂利を踏みしめて近づいてくる辰治を見て、

「親分、その後、なにかわかりましたか」

と、さっそく声をかけてきた。

上框に腰をおろしながら、辰治が言った。

「首がどこかに落ちていないかと、あちこち探して歩いているんだが、あいにく、まだ見つからねえよ。

おめえさん方、犬が鼻をクンクンさせていたら、よく調べてくんなよ。ごみ箱や天水桶の陰に、生首が転がっているかもしれないぜ。

ただし、生首と言っても、もう生じゃあねえ。目玉なんぞは溶けかかっているだろうがね」

声をかけてきた男が歯を食いしばる。吐き気をもよおしたようだ。

辰治が部屋の中を見まわした。

「五左衛門さんはいないのか」

「今日は、あたくしが代理でございます」

若い、手代らしき男が頭をさげた。

五左衛門は質・両替屋の主人である。そうそう自身番に詰めてばかりはいられない。店の奉公人を代理に派遣することもあるようだ。

「ところで、遠州屋という小間物屋があるな。誰か、知っているか」

「へい、あたくしどもは白粉（おしろい）や紅（べに）を扱っておりますので、取引をしていた時期もございます。そんなわけで、ある程度のことは存じておりますが。

遠州屋になにか落度がございましたか」

男は白粉・紅問屋の手代で、伊之助と名乗った。

辰治はさも世間話のように言う。

「べつに落度があるわけじゃあ、ねえがね。

さっき、前を通ったので、ちらと見ると、女房は後家のようだな。とても繁盛しているようには見えないぜ。あれで、よくやっていけるな」

「主人の仁蔵さんが生きているときは、けっこう繁盛していたのです。仁蔵さんが熱心に行商をしていましてね。

暑い日でも寒い日でも小間物を詰めた荷を担いで、仁蔵さんが黙々と歩いているのを、よく見かけたものです」

「ほう、小間物の行商か。

お城の大奥や大名屋敷の奥女中、それに吉原の遊女は自由に買い物にいけないので、小間物の行商にとってお得意だというのは、わっしも聞いたことがあるがね。仁蔵はそういう行商をやっていたわけか」

「お城の大奥やお大名のお屋敷、それに吉原の妓楼はすでに出入りの商人が決まっておりますから、なかなか割りこめません。そこで、仁蔵さんは、下谷車坂町のお武家屋敷をお得意にしていたようです」

ここで辰治は、遠州屋と車坂町の接点がなんとなく見えたと思った。

だが、そっけなく言う。

「おいおい、車坂町の武家屋敷に住んでいるのは貧乏御家人ばかりだぜ。そんなところに行商に行っても、儲かりはしないだろうよ」

「仁蔵さんは安い品でもいやな顔をせず、こまめに通ってくるので、重宝がられていたようです。安い品でも数が多くなれば、それなりに商売になるというわけです。

それに、仁蔵さんは人柄が信用されていましたからね。お得意は多かったようです」

「ふ〜ん、ところが、その仁蔵が死んだわけか」

「へい、一年ほど前だったでしょうか、病気でぽっくり。突然だったので、あたくしも驚きました。

ご新造はたしか、お豊さんと言いましたかね。女の身では荷を担いで行商などできません。ですから、いまは細々と店売りをしているのではないでしょうか」

「ふうむ、じり貧というわけか」

「まあ、そうかもしれませんね。仁蔵さんが亡くなったあと、あたくしは店の前を歩いたことがあるのですが、置いている品数が減ったなと感じました」

伊之助が気の毒そうな顔をしている。

辰治が毒舌を吐く。

「わっしが思うに、後家の婆ぁが店番をしていても、客は寄りつかねえぜ。看板娘を置けばいいじゃねえか。娘はいないのか」

「仁蔵さんが生きていたときに、娘はみな嫁に行ったと聞いています。いまはお豊さんと、奉公人がひとりかふたりか、そんな暮らしではないでしょうか」

「ふ〜ん、後家でも、もうちっと若ければ、男が言い寄ってくるんだろうがな。そうだ、おめえさん、お豊の婿になって、遠州屋を建て直したらどうだ。お豊のことをいうときの、おめえさんの口ぶりは、まんざらでもなさそうだぜ」

「親分、勘弁してくださいよ」

伊之助は泣きそうな顔になっていた。

それを見て、ほかの四人が大笑いをする。

辰治も笑いながら、

「冗談だよ。ではな」

と、上框から腰をあげた。

誰も、辰治が遠州屋を探っているとは感じなかったろう。

＊

辰治が自身番を出て道を歩いていると、七ツ（午後四時頃）の鐘の音が響いてきた。

ふと、思いついた。

（武家の後家がひとりで外出したのだ。いくらなんでも、七ツにはあわてて帰途につくはず）

念のため、辰治は遠州屋をのぞいてみることにした。もし、まだお雪がいれば儲けもの、というくらいの気分だった。

店先はとくに変化はない。

今度は、辰治が路地をのぞこうとしたところ、奥から初老の男が出てきた。

粋な羽織を着こなし、いかにもそれなりの商家の主人と見えるのに、供も連れていない。

辰治はピンときた。

（あとをつけるべきか）

しかし、男がお雪の相手だという確証はない。あくまで、路地から出てきただけである。尾行しても、骨折り損のくたびれ儲けになる可能性も高い。

辰治は迷った。道端にたたずみ、遠ざかっていく男の背中と、路地の出入口を交互に眺める。

そのとき、お雪が路地から出てきた。

すばやく左右を確認すると、車坂町の方向に向かって足早に歩いていく。

（よし、間違いない）

男とお雪は、時間差をもうけて遠州屋の二階からおり、勝手口から帰っていくのに違いない。ふたりの関係を、世間に知られたくないためである。

辰治は遠くに小さく見える男の後ろ姿を目あてに、懸命に走った。

途中で息切れしてきたので走るのは断念したが、かなり距離を詰めた。あとは速足で徐々にあいだを縮めていく。

男は寺町に入った。

道の両側は大小の寺が続き、天秤棒で荷を担いだ棒手振がときおり通りかかるほかは、ほとんど通行人はない。

棒手振にしても、町家から町家へ向かうため、寺町を通り抜けているのであろう。呼び声もあげず、足早に通りすぎる。

辰治は、男とのあいだを詰めるのをやめた。まわりが静かなため、近づくと足音で気づかれそうだった。

かなりの距離をたもちながら、あとをつける。


町家になった。

（おや、ここは……）

辰治は歩きながら、記憶にある街並みだと思った。

人通りが多くなったので、男を見失わないよう、あいだを詰める。

一軒の店先で、数人の若い娘が役者の錦絵を手に取り、肘でつつきあったりしながら、しきりにしゃべっていた。

店の様子を見て、辰治は思いだした。

（なんだ、絵草紙屋の越後屋じゃねえか。ということは、ここは浅草阿部川町か）

越後屋は本屋で、出版も手掛けている。

店頭には錦絵のほか、各種の書籍も並べられていた。

脳裏に、ひとりの男が浮かんだ。越後屋の倅の助太郎である。

辰治は店先に近づき、手代らしき男に声をかけた。

「若旦那はいるかい」

その声が聞こえたのか、錦絵を並べた箱の後ろから、若い男がひょいと顔を出した。

辰治を見るや、顔が輝く。

「親分ではありませんか。おひさしぶりです」

「ちょいと、いいかな」

「はい、いますぐ行きます。

ちょいと出てくるから、あとは頼んだよ」

奉公人に仕事を任せ、助太郎が下駄をつっかけて勢いよく表に飛びだしてきた。

いまでこそ越後屋の若旦那だが、助太郎は元服前、沢村伊織の弟子だった。そのころ、辰治と行動をともにしたこともあったのだ。歳の差はあるが、おたがいに気心は知れていた。

そばに来るや、助太郎は、

「親分、捕物ですか」

と、いまにも腕まくりをせんばかりに張りきっている。

辰治が耳元でささやく。

「あの羽織の男……」

そこまで言ったところで、男が店に入っていく。

奉公人が声をそろえて、

「お帰りなさいませ」

と出迎えるのが聞こえた。

あらためて辰治が言う。

「いま店に入っていった男だ。助さん、おめえ、知っているか」

「近所ですから、もちろん知っています。三河屋という酒屋の主人で、市左衛門さんです。

えっ、市左衛門さんに、なにか疑いがかかっているのですか」

「おい、ちょいと声が大きいぜ。

市左衛門に疑いがかかっているわけではないが、事情を尋ねる必要があるかもしれない。それで、尾行してきたのだが、住まいと名前がわかれば、もうそれで充分だ。わっしは、これで帰るよ」

「はあ、そうなのですか」

助太郎は物足りなそうな顔をしている。

やはり、岡っ引に声をかけられた途端、期するものがあったのであろう。

辰治は、助太郎が変に気をまわさないよう、付け加える。

「市左衛門が召し捕られるようなことはあるめえよ。証人として呼びだされることはあるかもしれないがね。それで、わっしは住まいと名を知りたかった。まあ、そんなところだ。

ところで、岡っ引があとをつけていたことなど、市左衛門には内緒にしておいてくれよ」

「はい、それは、わたしも心得ております」

「商売の邪魔をして悪かったな。おかげで、助かったよ」

辰治は今日のところは、これで切りあげて家に帰ることにした。

助太郎はなんとも不満そうな顔をしている。

四

八丁堀には、町奉行所の与力と同心の屋敷が集まっている。

それぞれの屋敷の門に表札が出ているわけではないが、岡っ引の辰治はこれまで何度か訪ねているため、同心の鈴木順之助の屋敷は知っていた。

与力や同心の拝領屋敷は、幕臣としては敷地はせまいほうだった。

だが、八丁堀の屋敷には、下谷車坂町の武家地のような荒れた雰囲気はない。どこもよく手入れが行き届き、整然としていた。

鈴木の屋敷は、敷地は九十坪ほどであろうか。門は片開きの木戸門で、質素だったが、門前は箒で掃き清められ、塵ひとつ落ちていない。

木戸門は開いていたので、辰治はそのまま玄関まで通り、声を張りあげた。

「お頼み申します」

ややあって、二十歳前後の男が現れた。小倉の袴を穿き、腰には脇差を差している。

武家屋敷では、妻女が来客の応対に玄関に出ることはない。玄関で応対するのは、家臣か息子、男の奉公人である。辰治は、鈴木の倅と見た。

「どちらから、まいられましたか」

「あたくしは、鈴木順之助さまに手札をいただいている、岡っ引の辰治と申しやす。今日は、鈴木さまは非番と聞いておりまして、お屋敷にまかり越しました。鈴木さまにお目にかかりたいのですが。大事な要件だとお伝えください」

「わかりました。父に伝えます。少々、お待ちください」

息子が奥に引きこんだ。

しばらくして、玄関の外から声がした。

「親分、こちらへ、お願えします」

見ると、中間の金蔵だった。

辰治は玄関を出ると、金蔵に続いて母屋の裏手にまわる。

「旦那さまは、いま庭で汗をかいているものですから」

「ほう、旦那は庭でなにをしているのだ。木刀を振るって、鍛錬でもしているのかい」

「え、木刀ではなく、鍬を振るっているだと。ということは、百姓の真似事か」

「へい、あっしは百姓の家に生まれましたからね。まあ、それなりに農作業は知っております。旦那さまが畑をやりたいというので、あっしがいろいろとお教えしているのですがね」

「ほう、おめえさんが師匠で、鈴木の旦那が弟子か。そりゃあ、いいや。びしびし、鍛えてやんな」

けっして風流とは言えないが、きちんと手入れの行き届いた庭だった。松の木はきちんと剪定されているし、雑草も生えていない。

庭の一画に、畝ができていた。

そばに竹の束が積まれている。その竹の束に、鈴木が鍬を手にして腰をかけていた。

着物を尻っ端折りし、足元は草鞋だった。頭を手ぬぐいで包んでいる。

「旦那、よく似合いやすぜ」

「からかうなよ。似合うと言われても、嬉しくはないぜ。

じつは、来年あたり、拙者も隠居しようかと思っていてな。隠居後は晴耕雨読の生活をしたい。その手はじめに、畑で茄子、胡瓜、南瓜、玉蜀黍を育ててみようかと思っている」

「ははあ、その竹は茄子や胡瓜の支柱用ですか。それにしても、旦那、手はじめにしては作物が多すぎますぜ」

「やはり、そうか。金蔵にも言われていてな。では、ちと考え直すかな。ところで、こみいった話か」

「へい、お武家が絡んでいるようでしてね」

「そうか。

おい、金蔵、てめえは休んでいてよいぞ」

鈴木は金蔵を遠ざけたあと、辰治に竹の束に腰をおろすよう勧めた。

「ここで話そう。茶の一杯も出せぬが、勘弁してくれ」

「へい、そりゃあ、かまいませんがね。しかし、煙草が吸えないのはつらいですな」

鈴木がニヤリとして、背後から煙草盆を取りだした。

「ちゃんと用意している。作業の合間に一服するつもりだったからな。火入れには種火も入っているぞ」

ふたりはそれぞれ、煙管を取りだす。

辰治が一服したあと、これまで判明したことを報告した。

鈴木は煙管をくゆらせ、じっと聞き入っている。

こういう状況には慣れているため、鈴木家の家人は誰も庭には出てこない。鈴木が庭で来客と話をするのは、職務上の密談を意味していたのだ。

＊

聞き終えた鈴木が、うなるように言った。

「おい、辰治、てめえ、とんでもない難題を持ちこんできたな。う〜ん。『拙者は聞かなかったことにしておく』と言いたいところだが、そうもいかぬな。う〜ん。それにしても、てめえ、よく調べあげたぞ。たいしたものだ」

「畏れ入りやす」

「じつは、思いだしたことがあってな。他言は禁じられているのだが、てめえならよかろう。ほかでは、しゃべってくれるなよ」

「へい、承知しました」

「去年、目白台にある目白不動の門前で起きた、地獄の騒動は知っているか」

「ちらと小耳にはさみましたが、くわしくは知りません。というより、お奉行所が『臭いものに蓋』で、隠蔽してしまったのじゃないのですかい」

辰治がずけずけと言った。

鈴木は苦笑する。

「奉行所が隠蔽したと言われると、拙者も耳が痛いのだがな。

じつは拙者も多少かかわっているし、南町奉行所が手掛けた事件だけに、よく知っている。まず、てめえに、この地獄騒動について話して聞かせよう」

「へい、ようございます。

ところで、旦那、なぜ地獄というのですかい」

「うむ、その辺は拙者も不思議で、いろんな人に質問してみたのだがな」

遊女や芸者を玄人と称するのに対し、玄人ではない女を地者といった。地女ということもある。

要するに、地者や地女は、遊女や芸者ではないことを意味した。

そして、ひそかに売春行為をしている地者を、地獄と称した。

「いろんな説があるようだが、一説によると、『地者の極上』なので地獄と呼ぶそうだ。こじつけのような気がするがな」

「ほお、地者の極上ですか。なんとなく、わかる気はしますがね。なるほど、男は地獄で極楽を味わうわけですな」

辰治がしたり顔で言う。

ひとしきり笑ったあと、鈴木が言った。

「てめえ、目白不動に参詣したことはあるか」

「いえ、ありやせん」

「江戸五色不動のひとつで、しかも目白台と呼ばれる高台に位置しているので境内からの眺望がいい。境内には料理屋や茶屋が建ち並んでいて、なかなかにぎやかだ。

この目白不動の門前に、数軒の出合茶屋があった。人目を忍ぶ仲の男女が目白不動の参詣を口実に出かけてきて、出合茶屋で『ちんちん鴨』を楽しんでいたのであろうよ。ところが、そうそうは客は来ない。

そこで、出合茶屋の主人同士で相談し、

『出合茶屋稼業では、たいして儲からない。地獄と客を結びつける仕組みにしよう』

となった。

客はひとりで出合茶屋にあがる。茶屋の主人が客の好みを聞き取り、女を呼び寄せるという仕組みだ。

目白不動の近くには、微禄の御家人の屋敷がひしめいている。

噂を聞きつけ、こうした御家人の妻や娘、後家が仕事をさせてくれと自分から申し出てくるようになった。

出合茶屋で地獄をする分には秘密をたもてるし、呼ばれたときに行くだけでいい。しかも、けっこうな金も稼げるからな。

茶屋の主人は、客にこうささやく。

『お武家のお内儀がいますよ。若いのがよければ娘御（むすめご）も、年増がよければ後家さんも。もちろん、少々、値は張りますがね。ふふ、いかがですか』

町人の男にとって、武士の妻や娘、後家を抱けるなど夢心地だからな。大金も惜しくないというわけだ。

男たちのあいだで評判になり、おおいに流行った。そうなると、町奉行所の耳にも入る。

じつは、密告があったのだがな。

出合茶屋が隠し売女稼業をしているのは由々しき事態だとして、南町奉行所が動いた。去年の十月のことだ。

南町奉行所の役人がいっせいに出合茶屋に踏みこみ、茶屋の主人五人と、十六歳から三十五歳までの女十一人を捕縛し、連行した。

じつは、この時点では地獄に御家人の妻女がいるとは、まだ知らなかったのだ。もし知っていたら、いっせいに召し捕ることはしなかったかもしれぬ。

ところが、取り調べで女の身元が判明して、奉行所も仰天した。なんと、大半が御家人の妻女ではないか。

幕臣の妻女が地獄をしていたなど、とても表沙汰にはできない。あのとき、南町奉行所ではみな頭を抱えたぞ。どう決着すべきか、深刻な議論になった。

最終的に、南町奉行の筒井和泉守(つついいずみのかみ)さまが、苦渋の決断をした。

『茶屋で淫らな行為をしていたのは不届きである。以後、堅く慎むように』

と譴責しただけで、すべて釈放したのだ。

また、女はみな茶屋の雇い女だったことにして、幕臣の妻女だった事実は伏せ、家名もあきらかにしなかった。

かくして、臭いものに蓋がされたわけだ」

鈴木の話が終わった。いかにも重苦しい表情だった。

辰治はふーっと大きく息を吐いた。

「そんな大それた事件だったとは、ちっとも知りませんでしたよ。

するど、旦那、下谷山崎町の遠州屋の二階で、御家人の妻女が地獄をしている疑いがありやすね」

「うむ、おそらく、間違いなかろう。目白不動の地獄に触発されたのかどうかは、わからぬがな。いや、目白不動の地獄の件を知っていて、

『どうせ、奉行所は幕臣の妻女には手を出せない』

と、高を括ったのかもしれない。

まあ、背景にあるのは生活苦だろうな。御家人のなかには生活苦から、傘張りなどの内職をしている者も多い」

「亭主の傘張りに負けず、女房も内職で地獄というわけですか」

「てめえ、うまいことを言うぜ。まさに、そうだろうな。

しかし、生活苦から女房が地獄をしているとなれば、いちがいに取り締まるのも気が引けるよな」

自分も幕臣だけに、鈴木は複雑な思いがあるようだった。少なくとも、「武士

にあるまじき」などと糾弾する気持ちはないようだ。

鈴木があらためて表情を引きしめる。

「おい、辰治、ここは慎重に動かねばならんぞ。

南町奉行所は去年の地獄騒ぎを表沙汰にはしなかった。そのため、表沙汰にはしないのが、いわば前例になっている。今回の地獄も、表沙汰にはできない。それは、あらかじめ承知しておいてくれ。

ただし、手をこまねいているつもりはない。徹底的に摘発はしよう。

また、バラバラ事件も解明しなければならぬからな。おそらく、地獄とかかわりがあるはずだ。

子分も使って、張り込みや尾行をおこない、背景をあきらかにしろ。となると、てめえも金がかかるであろう。奉行所に掛けあい、それなりの金が出るようにしてやる」

「へい、それはありがたいですね」

「くれぐれも相手に気づかれないようにしろよ。女どもが気づいて屋敷にこもってしまったら、もう一巻の終わりだ。町奉行所の役人は、武家屋敷に立ち入ることはできないからな」

「へい、承知しました」

辰治が勢いよく立ちあがる。

もう、これで南町奉行所の後ろ盾を得たのも同然だった。

第三章　地　獄

一

薬箱をさげた弟子の長次郎を従え、沢村伊織が往診から戻ってくると、玄関の格子戸の前に妻のお繁が立っていた。

　その表情は深刻そうである。

「おや、どうした」

「いったん内にあがると、そのあとで立て続けに患者が来て、おまえさんも出にくくなるかもしれないと思ったものですから。

　申しわけないのですが、このまま先方に行ってくれませんか。もしかしたら薬箱も必要かもしれませんから」

「どこへ往診するのか」

「常磐津文字苑師匠の稽古所です。あたしが以前、常磐津とお三味線を稽古していたお師匠さんです」

「ほう、そなたの師匠の家か。病気か、怪我か」

「いえ、病気でも怪我でもないのです。さきほど、お師匠さんが真っ青な顔で内へやってきて、

『お繁ちゃん、お願い、先生に来てもらいたいの』

と言うじゃありませんか。

あたしは驚いたのですが、ともかく確かめました。

『お師匠さん、それでは、医者も往診はできませんよ。いったい、どうしたのです』

『あのね、今朝、家の裏に、人間の片腕が放りこまれていたの。その腕にね、

　その命

という入れ黒子があったの』
そう言うや、泣き崩れてしまいました。

お師匠さんはかなり取り乱していたものですから、とにかくなだめて、下女のお熊に家まで送り届けさせたところでした」

「うむ、適切な処置だったな」

伊織は妻の冷静な対応を褒めながら、すぐに頭に浮かんだのは、岡っ引の辰治に聞いた、下谷山崎町で起きたバラバラ事件だった。

ここ湯島天神の門前町でも、同じようにバラバラ事件が起きたのだろうか。同一犯による連続犯行であろうか、それとも別な事件だろうか。

やにわに、胸騒ぎがしてきた。

お繁の目に不安の色がある。

やはり、先日の辰治の話を思いだしているのであろう。しかし、口にはしない。口にするのを恐れているかのようでもあった。

「ふうむ、要するに、切断されたらしき人間の片腕を検分する――ということだな」

「はい、そうなりますね」

そこまで言って、お繁はハッと気づいたようだ。

ちらと、まだ前髪姿の長次郎を見て、夫に言った。

「薬箱はお熊に持たせましょうか」

「いえ、わたしがまいります。わたしは蘭方医の弟子ですから」

長次郎がきっぱり言った。

頬をやや上気させ、姿勢を正している。

伊織は浮かんだ笑みを押し殺す。

弟子の健気(けなげ)さがほほえましかった。

「うむ、供は長次郎でよかろう。

ところで、『その命』は、どういう意味だろうな」

「おそらく『その』は、文字苑の『苑』だと思います」

「ほう、遊女が藤兵衛(とうべえ)という客に心変わりしない証拠として、二の腕に、

　フジ命

などと彫物をするという。そのたぐいか。腕にそんな彫物をしているということは、師匠と深い仲の男だな。

もちろん、そのあたりを追及するのは、医者の仕事ではないが」

そう言いながらも、伊織は事件に巻きこまれていくであろうという予感があった。同時に、謎解きをしたいという気持ちもある。もし背後にバラバラ事件があるとすれば、なおさらだった。

とりあえず、腕を検分しなければなるまい。

また、場合によっては、文字苑に精神を安定させる薬を処方すべきかもしれなかった。

「では、これからすぐに行こう。文字苑師匠の家はどこだ」

お繁が口を開く前に、長次郎が言った。

「わたしが知っております。ご案内します」

＊

常磐津文字苑の家は、湯島天神の門前町の新道にあった。

伊織の住んでいる家と同じく二階建ての仕舞屋(しもたや)で、玄関の戸は格子作りだった。

玄関横に、万年青(おもと)の鉢が並んでいた。

いつもであれば、中から三味線の音が響いてくるのであろうが、いまは静まり返っている。

「お願い申します」

長次郎が声をかけた。

すぐさま、下女らしき女の声が返ってきた。

「事情があって取りこみ中でして、今日のお稽古はお休みでございます」

「医者の沢村伊織でございますが」

「あ、失礼しました。どうぞ、お入りください。

お師匠さん、先生ですよ」

下女が文字苑に呼びかけている。

格子戸を開けると、三和土（たたき）があった。三和土をあがると、十畳ほどの部屋である。ここが稽古場であろう。壁に、数丁の三味線がかかっていた。

長火鉢のそばで、二十代なかばの、色っぽい女が丁重に頭をさげた。

「お初にお目にかかります。常磐津文字苑でございます。お繁さんに無理を申しあげてしまい、申しわけございません。気が動転しておったものですから」

島田崩しに結った髪が、ややほつれている。そばに枕があることから、直前まで横になっていたらしい。

伊織は文字苑に挨拶を返しながら、この女がお繁の師匠かと思うと、不思議な感慨があった。

下女が、伊織と長次郎の前に茶を置く。

「さっそくながら、なにを検分すればよろしいのですか」

「はい、お石、さきほどの物を持ってきておくれ」

「へい、かしこまりました」

茶を運んできた下女のお石が、いったん引っこんだ。

ややあって、油紙に包まれた一尺(約三十・三センチ)弱の棒状の物を持参した。いかにも気味悪そうな手つきで、包みを伊織の前に置く。

事前にお繁から聞かされていたので、伊織は心の準備はできている。

「では、拝見しますぞ」

包み紙を開くと、現れたのは左の肩から肘までの部分、いわゆる二の腕だった。まだ腐臭は発していない。

そばで、長次郎が身体を硬直させているのがわかる。

「虫眼鏡と鑷子(せっし)を出してくれ」

「はい、ただいま」

長次郎がやや震える手つきで、薬箱から虫眼鏡と、鑷子と呼ばれるピンセットを取りだし、伊織に渡す。

切断された二の腕を、虫眼鏡で子細に観察していく。

ほとんど流血の跡がないことから、死後に切断したようだった。皮膚には、とくに擦過傷も、内出血もなかった。

泥などの付着がないことから、室内で切断されたと思われる。鑷子で収集するような、特徴のある付着物もなかった。

観察を終え、伊織がおもむろに言った。

「まず、これが見つかったときの様子から、うかがいましょうか」

「お石、お話ししな」

文字苑にうながされ、お石が説明をはじめた。

「今朝、水を汲みにいくため台所の勝手口の戸を開けたところ、この包みが落ちていました。

あたしはてっきり、誰かが沢庵を落としたのだろうと思いましてね。拾いあげたときの手触りも、沢庵そっくりでしたから。それで、気が急いていたものですから、とりあえず包みのまま台所の床に放りだして、井戸に行ったのです」

切断された二の腕を、形状や質感から沢庵と誤解したのである。不気味ではあるが、なんともおかしい。

しかし、下女の誤解も無理はあるまいと思った。

伊織はお石に話をうながす。

「なるほど、それからどうしたのか」

「水を汲んで戻ってからも、飯炊きやなんかで忙しかったものですから、すっかり包みのことは忘れていたのです。朝食が終わってから、沢庵のことを思いだし、包みを開いてみたのです。

出てきた物を見て、

『キャー、お師匠さん』

と、あたしはその場で腰を抜かしてしまいまして。あとはもう、なにがなんだかわからなくなりました」

お石がすすり泣く。

文字苑が口を開いた。

「あたしは稽古の準備をしていたのですがね。朝食を終えると、近所の女の子がさっそく稽古に来ますから。すると、お石の悲鳴です。

びっくりして台所に来てみると、切断された腕がありました。そのとき、あたしは妙に落ち着いていましてね。なまじ、お石が動転しているので、自分がしっかりしなければと思ったのかもしれませんが。

『こんなことで、うろたえるんじゃないよ。悪戯じゃないのかい』

と、お石を叱りつけたくらいです。

ところが、腕に『その命』と入れ黒子があるのに気づきましてね。それを見た途端、あたしはその場でなかば気を失ってしまいました」

「誰の腕だかわかったのですね」

「はい」

「誰ですか」

「平八（へいはち）さんです」

「そうですか、その平八どのについては、あとでうかがいましょう」

そのとき、玄関で声がした。

誰かが稽古に来たようである。

文字苑の目配せを受け、お石があわてて玄関に出ていき、断りを言う。

稽古に来た人間が引きあげたのを確認して、伊織が口を開いた。

「検分したところ、肩の関節の周辺と、肘の関節の周辺に多数の切傷がありました。最初は包丁などの刃物で切断しようとしたのでしょうね。ところが、骨にはばまれて、うまくいかなかった。

そこで、鋸を持ちだしてきて、切断したと思われます。肩側と肘側の骨の切断面に鋸の歯の跡があります。

また、とくに左の二の腕を選んだのは、そこに『その命』という入れ黒子があったからだと思われます。『その命』を見せつけたかったのでしょうね。

平八どのに最後に会ったのはいつですか」

「二日ほど前です」

「今朝、この腕が見つかってから、平八どのの消息は尋ねましたか」

「はい、平八さんは船頭で、船宿に寝泊まりしていますから。お石に、その船宿に確かめにいってもらったのです。一昨日あたりから帰っていないそうでした。船宿でも心配していたようです。

平八さんは殺されたのでしょうか」

文字苑の目に異様な光があった。

伊織は静かに答える。

「いまの段階では、殺されたのかどうかの判断はできません。しかし、平八どのがすでに亡くなっているのはたしかです。この腕は、死後、切断されたと思われます。

ところで、なぜ『その命』で、平八どのとわかったのですか」

「あたしが彫りましたから。針でつつき、墨をすりこむのです」

「ほう、よく彫物のやり方を知っていましたね」

「あたしはここで稽古所を開く前、深川にいましたから」

文字苑が言葉少なに言った。

かつて、深川で芸者をしていたという意味であろう。

深川は掘割が縦横に走っていて、舟の便がよい。深川の遊里で遊ぶ客は、猪牙舟や屋根舟を利用することが多かった。そのため、芸者と船頭は浅からぬ縁がある。

文字苑と平八は、深川で知りあったのだろうか。

ということは、文字苑の左の二の腕には「八命（はちいのち）」などの入れ黒子があるのだろうか。しかし、さすがに伊織は「腕を見せてくれ」とは言えなかった。

また、伊織は「平八に恨みを持つ人間に心あたりはあるか」などと尋ねてみたい気がした。しかし、これは捜査ではないため、質問は遠慮する。医者としては、これ以上できることはなかった。

いっぽうで、犯人は意外と簡単に特定できる気もしていた。諸事情を勘案すると、文字苑の人間関係のなかにいる人間の犯行に違いない。文字苑の周辺を探っていけば、かならず犯人にたどりつくはずだった。

帰り支度をしている伊織に、文字苑が言った。

「自身番にお届けしたほうがよいでしょうか」

「あとあとのことを考え、いちおう届けておいたほうがよいでしょうね」

伊織の頭にあった「あとあとのこと」は死体発見だったが、これも口にするのは遠慮した。

二

家に戻ってからは、患者が散発的にやってくるため、沢村伊織は合間を縫って妻のお繁と話をした。

まずは、常磐津文字苑の家の裏手で見つかった二の腕の状況を説明したあと、伊織が尋ねた。

「平八という男を知っているか」

「お師匠さんの情男だと思います。あたしは顔も知らないのですけど、名前だけは聞いたことがあります。

お弟子の誰かが、チラと顔を見たことがあるとかで、『苦み走った、いい男だよ』とかなんとか言っていました。いろいろと噂はあったのですがね」

伊織は、弟子の女の子たちが甘い物を食べながら、師匠の愛人の噂話に興じている様子を想像した。情男という言葉も使いこなしていた。

きっと、おたがいに、こましゃくれた口を利いていたであろう。お繁もそんなひとりだったに違いない。

「師匠は平八どののことを秘密にしていたのか」

「はい。でも、ああいう商売では、情男がいても、いないような顔をするのはあたりまえですから」

「ほう、どういうことか」

「女の弟子は別ですが、男の弟子の場合、常磐津を習うのは半分、あとの半分は

師匠が狙いですから。とくに、師匠が美人で独り身で、しかも身持ちが固いという評判があれば、男衆は、

『我こそは、落としてやる』

と、熱心に通ってくるのです。そして、師匠の気を引こうと、気前よく鰻の蒲焼や玉子焼きなぞを持参したりしますから。

ところが、師匠に情男がいるとわかれば、途端に、

『なんだ、男がいるのか、つまんねえ』

と、弟子の男衆は稽古をやめてしまいます。

ですから、お師匠さんも、情男の平八さんのことを秘密にしていたのだと思います」

「なるほどな」

伊織は妻の話を聞きながら、笑いだしそうになった。同時に、感心もする。

お繁は下町育ちだけに、男女の色恋沙汰については耳年増（みみどしま）だった。幼いころから、女の子のあいだでごく普通の会話だったのであろう。

いっぽう、伊織は漢方医の厳格な家で育った。身のまわりに、お繁のような女はいなかったのだ。

もし、漢方医として修業中の少年のころ、下町娘のお繁と出会っていたら、伊織は「なんと無教養で蓮っ葉な女だ」と感じたかもしれない。

しかし、いまでは、その認識がまったく間違っているのを、折に触れて痛感していた。伊織は、妻から教えられることも多かったのだ。

その後、患者が来たため、伊織とお繁の会話は途絶えた。

＊

患者が一段落したので、伊織は湯屋に行くことにした。

参道を歩いていて、古道具屋があるのに気づいた。

（そういえば、下谷山崎町で起きたバラバラ事件はどうなったろうか。岡っ引の辰治に鋸の出所について、古道具屋を探すよう助言したのだったな）

伊織もふと思いついて、鋸について尋ねてみることにした。

さいわい、主人は胃が痛いという理由で診察を受けにきたことがあり、面識があった。

店先に立ち、声をかける。

「その後、いかがですか」

「おや、先生。処方していただいた薬のおかげで、調子はだいぶいいですな」

「そうですか。それはよかった。

ところで、買うわけではないのですが、鋸は置いていますか」

主人は背後の棚から二丁の鋸を取りだした。

両方とも、かなり錆がきている。

「この二丁ですな。もう、一年以上も売れませんよ」

「そうですか。鋸はそうそう、売れる物ではないのですな」

「まあ、売れ筋ではありませんな。

先生、木の枝でも切るつもりですか」

「いや、そう言うわけでもないのですがね。ちょいと気になったことがあったので、お尋ねしただけです。

では、湯屋に行く途中なので、今度、ゆっくり」

伊織は苦しい弁解をして、古道具屋を出た。

（まあ、外れて当然だな）

湯屋に向けて歩きながら、最初から当たりが出るはずがないと思う。

いっぽうで、あっさり外れたことで逆に、突き止めたいという気持ちが沸々と湧いてきたのも事実だった。

ハッと思いついた。

（そうだ、下谷広小路だ）

盛り場で人が多いため、鋸を買っても印象に残りにくい。人体切断の目的で鋸を買うとしたら、店の者の記憶に残りにくい場所を選ぶはず。

（よし、湯屋はやめだ）

湯島天神の門前から下谷広小路まで、さして遠くない。

伊織は下谷広小路に足を向けた。

*

店先に並んでいるさまざまな道具から、すぐに古道具屋とわかった。

暖簾は紺地に「前田屋」と白く染め抜かれている。

伊織は暖簾をくぐりながら、急に気おくれがしてきた。

（鋸を売ったかどうか、どう尋ねればよかろう）

さきほどは、顔見知りだから気楽に質問できた。ところが、今回は違う。

どう切りだそうかと迷っていると、主人のほうから声をかけてきた。

「なにか、お探しですか」

「じつは、鋸について」

「えっ」

主人の顔に驚きがある。

相手が驚いていることに、伊織は驚いた。自分がとんでもない失策をしてしまったかもしれないと、急に心配になる。

やや、どぎまぎしながら言った。

「鋸を売ったかどうか知りたかったのですが」

「先日の親分のかかわりでございますか」

主人が探るように言う。

伊織は内心、ほっとため息をついた。

下谷山崎町の件で、なんと岡っ引の辰治は、この前田屋にも調べにきていたのだ。

辰治の地道な捜査ぶりがよくわかる。ともあれ、ここは辰治との関係を利用できよう。

「辰治親分の件はよく知っています。親分と話をしましたのでね。

しかし、今回は親分が調べていた件とは別でしてね。関連はあるかもしれないのですが。

教えてください。

最近、鋸を売りましたか」

「へい、昨日、売りましたよ」

主人はあっさり言った。

言ったあとで、急に不安に襲われたようである。

鋸に関する問いあわせは、これで二度目である。どう考えても尋常ではない。

下手をすると面倒に巻きこまれかねないと、主人は心配になってきたようだ。

（えっ、昨日）

伊織は興奮がこみあげてきた。今朝、二の腕が常磐津文字苑の家の裏に放りこまれたのと符合する。

「親分とも話をしています。お手前が知っていることを教えてくれさえすれば、迷惑はかけません。

鋸を買った人は、知りあいですか」

「いえ、初めてのお客です。二十代なかばの男でした」

「商売は、わかりますか」

「お店者(たなもの)ではありませんね。職人風でした。あたしはふと、日頃から鋸を扱う職人じゃないかな、という気がしたのですがね」

「ほう、なぜ、そう感じたのですか」

「鋸をすべて出させましてね。一丁、一丁、鋸の歯を眺めて、

『これじゃあ、目立てをしなけりゃあ、楊枝の一本も切れねえぜ』

と、小声で悪態をついていました。

置いてある鋸にろくなものはない、と言いたかったのでしょうか。鋸の目利きができる風でした。

それでも、最後に一丁、お求めいただいたのですがね」

伊織は一瞬、落胆を覚えた。

昨日の客は、仕事で本当に鋸を必要とする職人だったのかもしれない。なんらかの理由で、あらたに必要になったのだろうか。

だが、考え直す。

（職人にとって道具は、命の次に大事な物のはず）

仕事で鋸を使用する人間だからこそ、死体の切断には愛用の鋸を使いたくなかったのかもしれない。だから、わざわざ別途に中古品を買い求めたのではあるまいか。そのほうが、辻褄が合いそうである。

「それにしても、お手前は客のことをよく覚えていますね」

伊織が感心して言った。

主人が照れたように笑う。

「先日、鋸を買ったお客は、手代が相手をしたのですがね。その手代が、辰治親分にいろいろと問いつめられていたものですから。手代はほとんどなにも覚えていなくて、そばで聞いていて、あたくしは焦れったいかぎりでした。

そんなことがあったので、昨日のお客は、あたくしはしっかり見て、覚えていようと思いましてね」

「では、顔を見たら、その客はわかりますか」

「へい、わかりますとも。薄あばたがあって、団子鼻で、左目の下に泣き黒子（ほくろ）がありました。十年経っても忘れませんよ」

主人が自信たっぷりに言った。

伊織は礼を述べて辞去する。

もしかしたら、主人は伊織を辰治の子分と思っていたかもしれない。

(それにしても、前田屋の主人はよく人相を覚えていたな。普通だったら、そこまで熱心に観察していなかったろう。やはり、以前、辰治が鋸のことで調べにきていたことが大きいな)

辰治自身は想像もしていなかった恩恵を、伊織は受けたと言えよう。

もしかしたら、下谷山崎町の事件と、湯島天神門前の事件は関連しているのかもしれない。伊織には、そんな考えも芽生えていた。

三

下谷山崎町の自身番に、辰治の子分の半六が駆けこんできた。

上框の前に立ち、荒い息をしながら、部屋の中に告げる。

「親分、女がお屋敷を出やしたぜ」

女とは、宮脇家の後家のお雪である。

宮脇家の屋敷を見張っていた半六は、お雪が外出するのを見て、先まわりして走って知らせにきたのだ。

「おう、ご苦労だった」

辰治は半六をねぎらったあと、そばで煙管をくゆらせている同心の鈴木順之助の顔を見る。

「旦那、いよいよですぜ」

「うむ、よし、では、われらも行こうか」

鈴木がうなずいた。

自身番を出て、遠州屋を見通せる場所に向かう。一行は、鈴木と中間の金蔵、辰治と半六の四人である。

金蔵は、供をするときに担ぐ挟箱は自身番に置いていたが、代わりに風呂敷包をさげていた。

遠州屋が近づくと、辰治の別な子分が見張りをしていた。

「おい、変わりはねえか」

「へい、出ていった下女が、さきほど戻ってきやした」

下女が宮脇家の屋敷に行き、お雪に告げたのだ。その下女がすでに戻ってきた。

お雪は間もなく現れるはずだった。

「よし、てめえらふたりは、路地を見張れ。わっしと鈴木の旦那は、表から行くからな」

辰治の指示を受け、半六ともうひとりが路地のほうに向かう。

しばらくして、お雪が姿を見せた。供も連れず、ひとりである。

「なるほど、後室髷だな。後家さんを好む男もいるわけか。ふむ、拙者も嫌いではないがな」

鈴木がつぶやく。

見ていると、お雪は店先で、遠州屋の後家のお豊としばし言葉を交わしたあと、路地のほうに向かう。

しばらくして、半六が表通りに姿を見せ、こちらに向けて手を振った。お雪が勝手口から中に入った合図である。

「ようし、では、様子をうかがいながら、ゆっくり行こうか。

拙者と辰治が、店の中に飛びこむ。てめえは店先にとどまり、集まってくる野次馬を追い払え」

鈴木が金蔵に命じたあと、足を踏みだす。

辰治と金蔵があとに続いた。

さりげなく店先に近寄ったあと、鈴木がすばやく雪駄を脱ぎ捨てて店内に踏みこんだ。辰治もすかさず草履を脱いで、店内に踏みこむ。

朱房の十手をふところから取りだし、鈴木が押し殺した声で言った。

「おい、神妙にしろい。大きな声を出すなよ」

辰治も十手を取りだして、威嚇している。

お豊は真っ青になっていた。

それまで台所で水仕事をしていたらしい下女は、その場にぺたんと座りこんでしまった。身体が小刻みに震えている。

「てめえ、お豊だな。いま一階にいるのは、ふたりだけか」

「へ、へい」

「てめえ、名は」

「へい、下女の麦でごぜえす」

「二階にいるのは誰か」

鈴木が小声で尋問した。

お豊は言いよどんでいる。

「では、言ってやろう。下谷車坂町に屋敷のある、宮脇家の後家のお雪だな」

がっくりと肩を落とし、お豊がうつむいたまま言った。

「へい、さようでございます」

「相手の男の名は」

「三河屋市左衛門さんでございます」

まさに、辰治が先日尾行し、越後屋の若旦那である助太郎から教えられた男だった。遊里で言えば、お雪と市左衛門は馴染みだったことになろうか。

「ふうむ、嘘はついてないようだな。てめえらには、あとでゆっくり話を聞くとしよう。ここで、おとなしく待っていろ。

まずは、二階からだ」

鈴木は金蔵から風呂敷包を受け取ったあと、辰治とともに階段に向かう。

ふたりが二階にいるあいだに、お豊とお麦が逃げだすかもしれなかった。その際、店先には金蔵がいるため、勝手口から外に逃げようとするだろう。だが、路地には、辰治の子分ふたりが控えている。お豊とお麦に逃げ場はなかった。

階段に足をかける寸前になって、鈴木が止まった。

「旦那、どうかしやしたか」

「おい、聞こえるか」

鈴木が笑みを含み、二階を見あげる。

耳を澄ませると、女の「ああ、いい、いい」というよがり声が聞こえてきた。あいだに、男の「おお、おお」という低いうめき声が混じっている。

ギシギシという音は、二階の床が軋んでいるのだった。

「ほう、真っ最中ですな」

「お楽しみを中断させるのは気の毒だな。武士の情けじゃ。せっかくだから、終わるまで待ってやろうか」

「へへ、旦那、わっしの場合だとすぐに終わりやすがね。二階のふたりはいつ終わるかしれやせんぜ」

辰治は早く踏みこみたくて、うずうずしているようだ。

交わっている最中に踏みこむのが楽しみなのに違いない。

「まあ、待て。ひさしく聞かぬ声なのでな。少し、拙者に楽しませてくれ」

「たしかに、わっしもひさしく聞かない声ですがね」

ふたりは階段のたもとにたたずみ、耳を澄ます。

女のひときわ高い声が発せられた。

二階に静寂が戻る。

「終わったようだな。では、行くぞ」

鈴木がそっと階段をのぼる。

カサカサという音がする。紙で事後処理をしているようだ。

「お楽しみは終わったようだな」

鈴木が言いながら辰治とともに、ぬっと座敷に踏みこんだ。

お雪と市左衛門は長襦袢のまま、敷布団の上に座っていた。それぞれ、くしゃくしゃに丸めた紙を手にしている。

ふたりは一瞬、

「あっ」

小さく叫び、身体を硬直させた。

鈴木の手にした朱房の十手を目にした途端、町奉行所の役人とわかったようだ。

ふたりとも、顔面蒼白になった。

お雪はあわてて着物を手に取り、身体を隠そうとする。

「おい、動くんじゃねえ」

辰治が叱りつけた。

長襦袢から透けて見えるお雪の湯文字は、白縮緬のようだった。

普通、下級武士の妻女の湯文字は白木綿か浅黄木綿である。外見からはわからないところで、おしゃれをしていることになろうか。縮緬の湯文字という贅沢ができるのも、地獄の収入のおかげかもしれない。

鈴木が言った。

「下谷車坂町に屋敷のある、宮脇家のお雪だな」

お雪は下を向いたまま返事をしない。肩がわなわなと震えていた。

今度は男に言う。

「てめえは、浅草阿部川町の三河屋市左衛門だな」

「は、はい」

市左衛門の両手がぶるぶる震えている。

「さて、別々に尋問したほうがよいな。拙者はここでお雪から話を聞く。てめえは下で、市左衛門から聞きだしてくれ」

「へい、かしこまりやした。

おい、下へ行くぞ。着物は着てもよい」

着物を着て、帯を締めた市左衛門を連行し、辰治が一階におりた。

＊

お雪に着物を着るのを許したあと、鈴木が言った。

「日が暮れる前に屋敷に戻りたいであろう。

しかし、おめえが強情を張って無言をつらぬけば、自身番に連行するしかないな。今夜は、自身番に泊まってもらおう。そして、奉行所として宮脇家の屋敷にこう伝える。

『地獄という隠し売女稼業をしていたので召し捕った』

宮脇家の当主は、おめえの倅だよな。幕臣の当主の母親が地獄をしていたと世間に広まったら、どうなるかな。宮脇家は改易だろうな。

せっかく家督を継いだおめえの息子は浪人になり、屋敷も追いだされる。その後の人生はつらいぞ」

お雪の顔には、まったく血の気がない。その表情は、凄絶と言ってもよいほどである。

いまさらながら、事の重大さがわかったようだった。

「だが、おめえがすべて正直に答えれば、屋敷に返してやる。どうだ」

「なにをお話しすればよいのでしょうか」

お雪がかすれた声で言った。

依然、うつむいたままである。

「車坂町に住んでいる、おめえの地獄仲間をすべて述べな」

初めてお雪が顔をあげた。

その目に恐怖がある。

鈴木が静かに言う。

「たとえ拷問されても仲間を裏切ることなどできない、と言いたいようだな。

仲間を守るため、懐剣で喉を突いて自害するか。

武家の女としていいさぎよいかもしれぬが、仲間をかえって窮地に追いやるだけだぜ。

よっく、聞きな。これは仲間を裏切ることではない。仲間を救う唯一の方法なのだぜ。

おめえひとりが隠し売女稼業をしていたとして召し捕られたら、さきほども言ったように、宮脇家とおめえが処罰されて、それで一件落着だ。その後、噂が広がり、地獄をしていた女が次々と召し捕られるだろうな。

ところが、車坂町に住む幕臣の妻女の五人、あるいは十人が地獄をしていたことがいちどきに表面化すれば、どうなる。それこそ、幕臣の権威は失墜する。とうてい、表沙汰にはできない。町奉行所としては有耶無耶にしてしまうしかないのだ。

じつは、去年の十月、目白不動の門前で似たような事件があってな」

お雪の表情に変化があったのを、鈴木は見逃さなかった。

(ふうむ、さては、この女、目白不動門前の事件を知っていたのだな)

鈴木は話を続ける。

「仲間を裏切り、一蓮托生にするかのように見えて、実際は、これが仲間も、おめえも救う唯一の方法なのだぜ。ゆっくり考えろ。

ただし、お日さまはもう西に傾いてきたようだぜ。悠長にかまえているわけにはいかぬと思うがな」

緊迫した沈黙が続く。

鈴木は内心ではジリジリしていたが、そんな焦りを噯にも出さず、じっと待ち続ける。

ついに、お雪がしゃがれた声で言った。

「わかりました。申しあげます」

「そうか、ちょいと、待ってくれ」

鈴木は、中間の金蔵から受け取った風呂敷包を開く。中には矢立と紙の束があった。すでに供述を記録する準備をしていたのだ。

お雪が、当主と女の名を述べた。

宮脇為也　後家　雪
堀又七郎　妻　典
小林百助　妻　紺
高橋傭蔵　後家　節
後藤佐一郎　妻　悦

御家人の妻女合わせて五人が地獄をしていたことになる。

鈴木はすべて書き取ったあと、あらためて問う。

「すべて、おめえが誘ったのか」

「はい、さようです」

「ふうむ、すると、おめえが先陣を切ったわけだな。では、そもそもの発端から話してみな。なにがきっかけだったのか」

「車坂町の屋敷に、遠州屋の主人の仁蔵どのが行商に来ておったのです。それで、あたしも仁蔵どのはよく知っておりました。

ところが、ある日を境に、仁蔵どのがぱったり顔を見せなくなり、あたしも困っておったのです。

半年ほど前だったでしょうか、ちと所用があり、下女を供に連れて外出したのです。帰りに、たまたま前を通りかかり、ふと置行灯を見ると、『遠州屋仁蔵』とあるではありませんか。

あたしは、『小間物屋の遠州屋はここだったのか』と驚いたのですが、店先にいる女房らしき女の髪を見て、また驚きました。仁蔵どのは亡くなっていたのです。

思わず、あたしは話しかけていました。それがお豊さんだったのです。

おたがい後家同士の気安さと申しましょうか、気が合ったと申しましょうか、すっかり意気投合し、ふたりで話しこんでしまったのです。はっと気がつくと、日が沈みかけておりました。

『いっそ、内にお泊まりなさいな。男はいないので、気楽ですよ。隣の一膳飯屋に酒も肴も頼めますから、今夜は語り明かしましょう』

そうお豊さんに熱心に勧められると、あたしも心が動きましてね。

あたしは道でひどい癪を起こし、親切な商家で休ませてもらうことになったことにしましてね。供の下女は、

『明日の朝、迎えにきておくれ』

と言って、返したのです。

その夜、ふたりでいろんな話をしたのですが、おたがい、生活苦をどうするかが話題になりましてね。

お豊さんが言うには、店売りだけではとてもやっていけそうにない。そんなおり、ある男から逢引きのために二階の座敷を貸してくれないかと頼まれたそうなのです。

『それで、あたしは思いついたのです。二階を男と女の密会用に貸そうかと思っ

ていましてね。いわば、秘密の出合茶屋ですね』

　それを聞いて、あたしも思いついたのです。目白不動の門前の出合茶屋で武家の妻女が地獄をしていたそうでしてね」

「おめえ、その話をどこから聞いたのだ。奉行所は表沙汰にしなかったぜ」

「地獄をしていて召し捕られた女の親類が、車坂町に住んでいましてね。いつの間にか伝わってきたのです」

「なるほど、『人の口に戸は立てられず』とは、よく言ったものだ」

「地獄の話をすると、お豊さんも大賛成でしてね。口の堅い、信用できる男だけを誘いますということで、あたしのほうも、徐々に車坂町に屋敷のある女に声をかけて集めることにしたのです」

「ふうむ、その結果、おめえを含め五人が地獄をしていたわけだな。

　ところで、堀又七郎の内儀のお典はどうしておる」

「病気と聞いたものですから、数日前、堀家に見舞いにいったのです。ところが、重病でひどい状態になっているという理由で、面会は断られました。そんなわけで、このところ顔も見ていないのです」

「ふうむ、なるほどな」

鈴木は、バラバラ死体はお典に違いないと思ったが、お雪には言わなかった。

＊

一階では、三河屋市左衛門がいかにも面目なさそうに首うなだれていた。

辰治は世間話でもするような、気楽な口調である。

「おめえさん、そもそも、遠州屋で地獄が買えるのを、どうして知ったのだね」

「はい、数年前ですが、あたくしどもの手代が商用で出かけた帰り、紙入れを落としたのです。紙入れにはかなりの額の金子はもちろんですが、大切な書付や印判まで入っていたのです。あたくしも青くなりました。

するると、遠州屋の主人である仁蔵さんが行商で歩いていて拾ったと言って、わざわざ三河屋に届けてくれたのです。書付や印判で、屋号や町名を知ったようでした。

あたくしは感激しましてね、謝礼をしようとしたのですが、仁蔵さんは頑として受け取るのを断りました。あたくしはその人柄に感心しました。

そこで、せめてものお礼として、仁蔵さんに小間物屋として出入りしてもらうようにしたのです。家族や奉公人を合わせますと、三河屋には十人近い女衆がいますから。

仁蔵さんが三河屋に来ているとき、あたくしも顔を出して話をすることもありました。たんなる出入りの行商人以上の付き合いをしていたのです。

一年ほど前だったでしょうか、奉公人のひとりから、

『遠州屋の仁蔵さんが亡くなったようです』

と聞かされ、あたくしも驚いたのですがね。

たまたま半年ほど前、商用でこのあたりを歩いていて、遠州屋に気づいたのです。見ると、なんとなく寂れている様子でした。

『仁蔵さんがいなくなって、商売がうまくいっていないのだな』

そう思うと、気の毒になりましてね。

あたくしはせめて香典としていくらか包んで渡そうと思い、後家のお豊さんと初めて会ったのです」

「ほう、そのときに持ちかけられたのか」

「はい。お豊さんが、

『亡くなった亭主から、三河屋さんのことは聞かされております。信用できるお

方と思い、ご相談するのですがね』

と、打ち明けてきたのです。

あたくしも最初は、お武家の後家さんが地獄に出るなんぞ、眉唾ではあるまいかと、半信半疑でした。

しかし、仁蔵さんのお内儀が困っているとしたら、助けてやりたいという気持ちもありましてね」

「ほう、立派な心がけだな」

辰治がやや皮肉に言う。

市左衛門はやや顔を赤らめた。

「はい、もちろん、お武家の後家となにしてみたいという、好奇心と言いましょうか、はい、そちらが大きかったのはたしかなのですが」

「男はみな、似たようなものだぜ。恥じることはねえ。

それで、おめえさんはお雪と『ちんちん鴨』の楽しみをしていたわけか」

「はい、申しわけございません」

市左衛門は消え入りそうな声で言った。

四

宮脇家の後家のお雪と三河屋市左衛門があっさり放免されたのを見て、お豊が安堵の表情を浮かべた。これで、同心の鈴木順之助と岡っ引の辰治が、遠州屋から引きあげると思ったらしい。

ところが、辰治が目を怒らせて、

「おい、てめえらの調べはこれからだ。ここに座れ」

と命じ、お豊と下女のお麦を、鈴木の前に引き据えた。

辰治がお麦をねめつける。

「おい、鋸はどこへやった」

「え、なんのことでしょうか」

すかさず、辰治が怒鳴りつけた。

「とぼけるな。てめえが下谷広小路の前田屋で鋸を買ったのは、もう調べがついているんだ。てめえに鋸を売った庄吉という手代に首実検をさせてもいいぜ。なんなら、てめえの首に縄をつけて、下谷広小路の前田屋まで引っ張っていこうか。下谷広小路までの道のりは、さぞいい見世物だろうよ」

お麦は震えあがっていた。頭の中は恐怖で混乱しているようだ。

一転して、辰治が静かに言った。

「正直に言え。鋸はどこにある」

「へい、隅田川に捨てました。もう、ここにはありません」

「首も一緒に捨てたのか」

「へい、一緒に包んで」

つられたように答えたあと、お麦は自分の失言に気づいたようだ。

顔から血の気が失せ、目は虚ろだった。

そばで、お豊が顔をゆがめている。

鈴木が言った。

「おい、うっかり口をすべらせたな。辰治の問いの呼吸も見事だったがな。

さて、もう言い逃れはできねえぜ。

下谷山崎町の外れの田んぼで見つかったバラバラ死体は、下谷車坂町の堀家の内儀でお典。死体をバラバラに切断したのはてめえらふたりの仕業ってことは、もうわかっているんだ。

ただし、人を殺して死体をバラバラにしたのと、死体を押しつけられて始末に困り、やむなくバラバラにして捨てたのでは、刑罰は違ってくるだろうな。てめえらも、獄門台に首を晒されたくはあるめえよ。

最初から、全部話しな。そのほうが、身のためだぜ。大番屋にしょっ引かれて拷問を受けるか、それともここであらいざらい白状するか。さあ、どっちだ」

言い終えるや、鈴木が朱房の十手で畳をどんと突く。

お豊はついに観念した。

「はい、申しあげます」

そばで、お麦は虚脱感に襲われているようである。主人が観念した以上、下女の自分としてはもう、どうすることもできないのであろう。

「まず、お典の相手は誰だ」

「雅鳥という方です」

「本名は」

「なにも知らないのです。本当です。

雅鳥さんは初めてだったのですが、仙水さんの紹介だったので、信用いたしました」

「では、仙水とやらはどこの誰だ」

「仙水さんについても、本名は知りません。みな身元を知られたくないので、俳号などを使う方が多いのです。あたくしも、そのあたりの穿鑿はしませんので」

「ふうむ、商売のコツというわけか。では、仙水は誰の紹介だ」

「三河屋市左衛門さんの紹介でした」

そもそも、市左衛門が最初の客である。市左衛門が端緒となり、あとは芋蔓式に客が増えていったことになろうか。

横から、辰治が言った。

「旦那、市左衛門を帰してしまったのは惜しかったですな。

三河屋市左衛門——仙水——雅鳥

という流れになりやすね。明日にでも、わっしが市左衛門を訪ね、仙水が誰かを聞きだしやすよ。そうすれば、おのずから雅鳥が誰かもわかりやす」

「うむ、そうしてくれ。

では、雅鳥が来たときから話しな」

鈴木がお豊に言った。

「仙水さんの紹介ということで、雅鳥さんがやってきました。

雅鳥さんは初めてなので、とくに決まった相手はありません。そこで、あたしはお典さんを呼ぶことにしました。地獄は五人いましたので、あたしの按配で、それぞれほぼ均等に客がつくようにしていたのです。

雅鳥さんを二階に案内しておいて、下女のお麦に車坂町の堀家のお屋敷に行かせ、お典さんに知らせたのです。

お典さんがやってきて、二階座敷に行きました。そのあとのことは、わかりません」

「そのあとのことは、ちんちん鴨だろうよ。それはともかく、争う声や物音はしたか」

「いえ、とくには。

最初のうちこそ、あたしもお麦も、二階が気になってしかたがなかったのですが、そのうち慣れてしまいまして。いまでは、多少物音がしても気にならないのです。

やがて、雅鳥さんがひとりで階段をおりてきて、勝手口から帰っていきました。あたしは、しばらくしてお典さんもおりてくるだろうと思っていたので、とくに気にもとめませんでした。人目を避けるため、男と女があいだをあけ、別々に勝手口から出ていくのは、ごく普通ですから。

ところが、いつまで経ってもお典さんがおりてこないので、あたしはお麦に様子を見にいかせたのです。すると、二階から、

『大変です、ちょいと来てください』

と呼ぶではありませんか。

あたしがあわてて二階に行ってみると、お典さんが倒れていたのです」

「お典の死体はざっと見たろうよ。血は流していたか」

「いえ、血は出ていませんでした」

「首筋のまわりに筋のような跡はあったか」

「いえ、気づきませんでした」

「ふうむ、そうか。思いがけず二階座敷に死体を見て、てめえらがあわてたのはわかるがな」

「初めは、自身番にお届けしようかと思ったのです。でも、地獄の斡旋稼業をし

ていたのがばれ、お咎めを受けかねませんし。それで、やめにしました。堀さまのお屋敷にお知らせすることも考えたのですが、『武士の妻に地獄をさせていたとは何事か』と、成敗(せいばい)されるかもしれないですから。それで、やめにしました。

あたしも困りました。困ったというより、焦った、と言ったほうがいいでしょうね。

死体を隠す場所はどこにもありません。埋めるような庭もありませんし。そこで、お麦と相談して、いっそ身体をバラバラにしてふたりで隅田川まで運び、捨ててしまおう、そうして厄介払いしようと決めたのです。

夜になるのを待ち、着物をはいで裸にしておいて包丁で切ろうとしたのですが、うまくいきませんでした。

あたしは追いつめられた気持ちでした。こうなれば、もう鋸を使って切るしかないと決心したのです。妙に胆が据わったと申しましょうか。

翌日、お麦が下谷広小路に行き、鋸を買ってきました。そして、その夜、死体を運びやすいよう、鋸で切ってバラバラにしたのです。今度は、うまくいきました。

夜が耽（ふけ）るのを待って、ふたりでバラバラにした死体を手分けして持ち、隅田川まで行こうとしたのです。ところが、最初はこれくらいの重さなら平気だと高を括（くく）っていたのですが、途中で重くて、重くて、もう歩けなくなってきました。提灯もさげていますしね。

疲れたのに加えて、暗いので道がわからなくなってきまして、隅田川がどちらの方向なのかもわからないのです。へたをすると、夜が明けてしまうという焦りもありました。人に見られたらもう終わりですから。

これではもう隅田川まで行くのは無理だと思い、途中で捨てることにしたのです。どこかいい場所はないかと提灯で照らすと、田んぼがありました。そのときは、山崎町の近くとは思わず、かなり離れた場所だと勘違いしておりました。

うまくすれば、人に気づかれないかもしれないと思い、田んぼや、その周辺にばらまくように放りだしたのです。

ただし、身元が知れてはなりませんから、やむなく首だけは持ち帰りました。

翌日の早朝、お麦が首と鋸を布に包み、隅田川まで行って、川に放りこんだのです」

お豊の供述が終わった。

鈴木がお麦に確認する。

「間違いないか」

「へい、間違いありません」

辰治がお豊に言った。

「お典の着物や髪飾りはどうした」

「すべて、隠しています」

「ほとぼりが冷めたころ、売り払うつもりだったのか」

「へい、さようです」

お豊がうなだれる。

鈴木がついと立つと、辰治に目配せをして呼んだ。

片隅に立ち、小声で話す。

「旦那、あのふたりは自身番に連行しやすかい」

「そこだよ。拙者も悩ましいところでな。

明日、奉行所で拙者が事態を申しあげ、そこで決まる。それまでは、軽率な行動は慎まねばならん。

後家のお雪は放免したが、車坂町に戻るやさっそくみなに事態を告げたろう。地獄をしていた女どもは震えあがり、当分、屋敷からは一歩も出ないであろうな。三河屋市左衛門も放免したが、いまごろは遠州屋を紹介した連中に事態を告げ、次々と知れ渡ったろう。地獄を買っていた連中は震えあがり、今後は身を慎むだろうよ。

さきほど、てめえが言った雅鳥の探索は、しばらく待ったほうがよかろう。どっちみち、逃げることはできねえはずだ。

さて、肝心のお豊とお麦のふたりだ。お奉行の判断が出るまで、召し捕るのは避けたい。かといって、放免するわけではない。

てめえ、ふたりをうまく脅しつけてやってくれ。頼むぞ」

「へい、わかりやした」

辰治は鈴木に受けあったあと、お豊とお麦の前にどっかと座った。

「本来であれば、てめえらふたりは自身番にしょっ引かねばならない。ところが、お役人の鈴木さまは、家にいさせてやれと、おっしゃっている。

おい、誤解するなよ。

これは、無罪放免にする、つまり、隠し売女稼業をなかったことにするという意味ではねえぜ。てめえらは正直に白状したから、鈴木さまの恩情で、自身番には拘留はしないということだ。

お奉行所から正式な沙汰が来るまで、待て。

くれぐれも言っておくが、こっそり逃げだそうなどするなよ。わっしの子分が見張っているからな。

まあ、地獄商売はもう終わりだ。新しい商売を考えることだぜ」

「はい、ありがとうございます」

お豊とお麦が額を畳にすりつけた。

第四章　床　下

一

たまたま患者がいなかった。

風に乗ってかすかに太鼓の音が聞こえてくる。湯島天神の境内で、なにかの興行がおこなわれているのだろうか。

沢村伊織が、妻のお繁に言った。

「常磐津文字苑師匠の家に放りこまれた二の腕の件だが、そなたはその後、なにか聞いているか」

「はい、いつの間にか、お弟子のあいだはもちろん、近所でも噂になっているようですよ。

お師匠さんが自身番にお届けしたところ、

『死体が見つかったわけではないから、お役人に検使をお願いするわけにもいかない。まあ、落とし物のたぐいだ。落とし主が見つかるまで、そちらで預かれ』

と言われたそうでしてね。

落とし物という言い方はありませんよね。あたしも聞いて、腹が立ちました」

「自身番としては、できるだけ厄介事は引き受けたくないのだろうな」

「次に、平八さんがいた船宿に知らせたところ、そこでも、

『二の腕一本で、平八とはわからない。そんな物を、こちらが引き受けるいわれはない』

と、突き放されたそうです。

なんて冷たい人たちでしょう。あたしは聞いて、これも腹が立ちましたけどね。

やむなく、お師匠さんは二の腕を壺に入れて厳重に蓋をし、家に置いているそうですよ。でも、いつまでもそうしているわけにはいきません。

お師匠さんは、

『そのうち、あたしの菩提寺のご住職にわけを話し、二の腕だけでも葬ってもらおうかね』

と、嘆いているそうですけどね」

「ふうむ、事情を知ると、師匠が気の毒だな」

「どうにかしてあげたいですよね」

お繁が茶を出しながら言った。

暗に夫に、どうにかしてやれと頼んでいる。

伊織は妻から頼まれるまでもなく、もとより謎を解きたい気持ちはあった。いわば、『乗りかかった船』の気分と言おうか。なまじ手がけただけに、中途半端に終わらせたくなかった。

「どうかしてやりたいという気持ちがないわけではない。

ただし、私は役人でも、岡っ引でもないからな。できることには限界がある。あくまで師匠の知りあいのひとりとして動くしかない。

まず、整理してみよう。

二の腕は、師匠の情男である、船頭の平八どのの物であるのは間違いあるまい。

平八どのがすでに死んでいるのも、ほぼ確実であろう。

では、平八どのの死体はどこにあるのか。また、平八どのを殺したのは誰か。

殺した人間がわかれば、死体のありかもおのずからわかるはずだ」

「ずいぶん、まどろっこしいですね。平八さんを殺したのは誰か、でいいではありませんか」

お繁が焦れったそうに評した。

伊織は苦笑する。

「まあ、そう言うな。こう述べることで、私は頭の中を整理しているのだ。

では、平八どのを殺したのは誰か。

文字苑師匠の情男が、平八どのであるのを知っていた。

文字苑師匠と平八どのを恨んでいた。

文字苑師匠の家をよく知っていた。

これらを勘案すると、稽古所に通っていて、師匠を口説いたものの、はねつけられた男と考えられる。

そなたは、心あたりはあるか」

「女のお弟子同士で、男の噂はよくしていましたけどね。でも、近所のいい男や、他愛ない役者の噂でした。

ですから、稽古所に通っていた男衆は、あたしはよく知らないのです。

というのも、女はだいたいお昼前に稽古に行きます。ところが、男衆は仕事を終えて、夕方から稽古所に来るというのが普通ですから、稽古所で顔を合わせることは滅多にないのです。

それに、お弟子の男に、いい男はいなかったですからね」

あっさり、お繁が言い放つ。

文字苑の稽古所に通っていた男に、ろくなのはいなかったと言わんばかりだった。下町娘の観察眼と言おうか。

伊織が話題を変える。

「二の腕は、鋸で切断されたと思われる。

そこで、鋸の出所を調べてみたところ、下谷広小路の前田屋という古道具屋で鋸が売れていたのがわかった。その日は、師匠の家に二の腕が放りこまれたちょうど前日なのだ」

「怪しいですね。買った男はわかったのですか」

「職人風の若い男だったそうだ。店の主人が見たところ、日頃、鋸を手にしている職人ではないかという。となれば、大工か、箱細工などの職人か、そんなところだろうか」

「わかりました。下手人は、お師匠さんのお弟子のなかにいる、大工に違いありません」

お繁は興奮している。

いまにも、稽古所に駆けださんばかりだった。

伊織がおさえる。

「まだ、断定はできぬ。師匠の弟子のなかの大工を下手人扱いして、もし違っていたら、大変なことになるぞ。ここは、慎重にせねばならぬ。われらは、奉行所の役人ではないのだからな。

しかし、調べる価値はある。

とはいえ、文字苑師匠に直接、尋ねるわけにもいくまい。そなたの友達に問いあわせることはできぬか」

「そうですね……。

では、大橋屋のお袖ちゃんに聞いてみましょう。まだ、稽古を続けているはずですから」

大橋屋は湯島三組町（ゆしまみくみちょう）にある、獣肉を売るももんじ屋である。お繁はかつて、大橋屋の娘のお袖と連れ立って稽古に通った仲だった。

伊織もお袖とは面識がある。

「そなたとは親しかったな」

「はい、お袖ちゃんの三味線の技量はずば抜けていて、お師匠さんから手伝いを頼まれることもありました。ときどき、夕方から来る男衆に代稽古で、稽古をつけることもあるくらいでしたから、男のお弟子にはくわしいはずです。

こういうことは、急いだほうがいいですね。あたしはいまから、大橋屋に行ってきます」

お繁がさっそく、出かける準備をはじめる。

伊織は、鋸を買った男について、前田屋の主人が述べた「薄あばたがあって、団子鼻で、左目の下に泣き黒子がある」という人相を、ここで告げるべきかどうか、ちょっと迷った。

人相を告げることで急転直下、解決に至る可能性もあるが、お繁とお袖が予断を抱き、早とちりをしてしまう危険性もあった。

とりあえず、いまの段階では伊織は黙っていることにした。

お繁がお袖を連れて戻ってきたとき、伊織はちょうど患者の診察中だった。

連れてきたというより、お袖が強引にお繁についてきたと言うほうが正確かもしれない。この機会に、お袖はかつての稽古仲間の新所帯が見てみたかったのであろう。

伊織が診察中のため、お繁とお袖は上框のそばに座り、熱心に話しこんでいる。ひさしぶりなので、積もる話があるに違いない。いつもなら、お繁が伊織の助手役を務めるのだが、いまは弟子の長次郎に完全に任せていた。

＊

ようやく、最後の診察が終わった。

患者が帰っていくのを見届け、お繁とお袖が伊織の前に来て、座った。

「やはり、お袖ちゃんに聞いてよかったわ」

お繁が感に堪えぬように言う。

お袖は、得意げな笑みを懸命に押し殺している。

「わざわざ、来てもらったようだな」

「いえ、かまいませんよ。お師匠さんの家に、気味の悪い物が投げこまれていた事件ですよね」

「うむ、文字苑師匠はいま、どうしておるのか」

「しばらくはなにも手がつかないようで、稽古もお休みだったのです。それで、あたしら弟子で相談して、お師匠さんに、

『稽古をつけてくださいな。そのほうが、お師匠さんも気がまぎれるのではありませんか』

と、申し入れたのです。

お師匠さんもようやくその気になって、昨日から稽古を再開しました。あたしもホッとしているところです」

「そうか、それはよかった。

ところで、お繋から聞いたであろうが、文字苑師匠の稽古所に通っていた職人について、そなたは知っているか」

「はい、大工が三人います」

「鋸を使う職人にはほかに、いろんな箱を作る箱屋などがいるが」

「お弟子に箱屋はいませんね。職人衆はほかにもいますが、筆師や摺師（すりし）、左官な

どで、鋸とは無縁な気がします」

「うむ、そうだな。では、その大工の三人は、どんな男だ」

「卯蔵さんと佐吉さんは友達で、いつも連れ立って稽古にきます。勝蔵さんはひとりで来ていましたが、このところ姿を見せませんね」

「ほう、その勝蔵どのが姿を見せなくなったのは、いつごろからか」

「そういえば、お師匠さんの家で二の腕の騒ぎが起きるちょっと前くらいからでしょうか」

お袖の顔が陰った。

ふっと疑いが芽生えたようだ。

伊織は努めて淡々と言う。

「勝蔵どのはどんな顔だ」

「そうですね、顔に薄あばたがあって……いい男でないのはたしかですけどね」

いざとなると、お袖も容貌が明確には思い浮かばないらしい。

伊織が指先で左目の下をさした。

「団子鼻で、このあたりに泣き黒子はないか」

「えっ」

お袖が叫んだ。

ありありと思い浮かんだようだ。その目に驚愕と恐怖がある。

あえぐように言った。

「あります、あります。では、勝蔵さんが平八さんを殺し、鋸で腕を切って、お師匠さんに送りつけてきたのですか」

「おい、滅多なことは言ってはならない。まだ、勝蔵どのが下手人と決まったわけではないぞ。ほかでも、口にしないほうがよい」

伊織はまずはお袖を諫めた。

念のため、他のふたりの大工の人相も確認する。

「卯蔵さんは丸顔で小太り、佐吉さんは馬面で背も高いですね。ふたりは珍妙な組みあわせです」

「ふむ、そうか。

ところで、勝蔵どのの住まいは知っているか」

「門前の裏長屋だと聞きました。近所には違いないのですが、場所までは……あっ、そうそう、一か月ほど前、床下から白骨が見つかって騒ぎになった長屋ですよ。勝蔵さんが稽古所で、

『床下に白骨が埋まっているかと思うと、気味が悪い』

と、ぼやいていたそうですから。お師匠さんから聞きました」

「えっ」

今度は伊織が叫ぶ番だった。

長屋の白骨騒ぎでは、伊織は検屍に呼ばれたのである。そして、死亡時期を明確にすることで冤罪を防いだのだった。

(すると、あの長屋に勝蔵は住んでいるのか)

偶然にしては、できすぎている感じもする。

しかし、武士が広壮な屋敷を与えられているのに対し、庶民は密集して住んでいた。考えてみると、同じ長屋だったとしても不思議ではあるまい。

もしかしたら、あのときの白骨の見物人のなかに、勝蔵もいたのかもしれなかった。

「ふうむ、その長屋は知っている。あとで、ちょいとのぞいてみよう」

伊織はなにかわかるかもしれないと考えたのはもちろんだが、お繁とお袖を牽制する狙いもあった。

このままだと、ふたりが、

「ね、ちらと、勝蔵さんの住まいをのぞいてみようよ」

と、言いだしかねなかった。

放って置くのは、危なっかしい。

伊織自身が調べにいくとわかれば、お繁とお袖も軽挙妄動はしないであろう。

長次郎に言った。

「ちょいと出かけるから、供をしてくれ」

「はい、かしこまりました」

長次郎が打てば響くような返事をする。

いまでは、たんなる蘭方医の弟子以上のおもしろさを感じているようだった。

二

沢村伊織は弟子の長次郎を連れ、外出した。長次郎は薬箱をさげていた。

このいでたちであれば、往診をよそおえる。

「そういえば、白骨騒ぎのあった長屋は、そなたの父上が持ち主だったな」

歩きながら伊織が思いだした。

長次郎の父親である備前屋太郎左衛門が、長屋の持ち主だったのである。

「はい、ジンベ長屋ですね」

「ほう、あの長屋はジンベ長屋というのか」

「大家さんの名が甚兵衛なので、そう呼ぶようになったと聞いています」

「なるほど。そなたは、ジンベ長屋に行ったことはあるのか」

「いえ、お父っさんや番頭さんから、長屋には立ち入らないようにと言われていまして」

長次郎がちょっと恥ずかしそうに答えた。

続いて、小声で言う。目には悪戯っぽい光があった。

「ジンベ長屋で白骨が見つかったと聞いて、わたしは見たくてしかたがなかったものですから、次の日、こっそり、ひとりで見に出かけたのです。でも、すでに運び去られたあとでした」

「そうか、それは残念だったな。いまだったら私の助手として、間近で見ることができるぞ。

ここだな」

参道に面して蕎麦屋と髪結床があり、あいだに木戸門があった。ジンベ長屋の入口である。

　木戸門をくぐると、ドブ板を敷いた路地が奥に続いている。

　路地の両側は長屋である。

　とりあえず、伊織は白骨が出土した場所を見ることにした。ドブ板を踏みしめ、奥に進む。

「ほう、新しくなっているな」

　そもそも、一室でボヤが起きたことがきっかけで、床下に埋められていた白骨が発見されたのである。ボヤで焼け焦げていた一室はきれいに再建され、すでに人が住んでいる様子だった。

　伊織は再建の早さに驚いたが、それはとりもなおさず、安普請（やすぶしん）の証拠でもあろう。

「おや、先生、どうしました」

　振り返ると、大家の甚兵衛だった。

　帳面らしき紙の束を手にしている。店賃（たなちん）の催促に歩いているのであろうか。

「その節はお世話になりました。おかげで、ご覧のとおり、無事に建て直すことができましたよ。

「往診で近くまで来たものですから、その後、どうなったろうかと、ふと気になり、のぞいてみました。ところで、なにか長屋にご用ですか」

「白骨騒ぎも無事おさまりましてね。いま思いだしても、冷や汗が出ます。きれいになったのを見て、私も安心しましたよ」

そういえば、新道の常磐津の師匠の家に、切り取られた片腕が放りこまれていたそうですな」

甚兵衛が好奇心をむきだしにする。

伊織にとってはむしろ好都合だった。

「ほう、もう噂は広がっているのですか。私は呼ばれていき、その腕を検分しましたがね。男の二の腕であるほかは、まったくわかっていません。

ところで、この長屋に、大工の勝蔵という人は住んでいますか」

「はい、住んでいます。勝蔵がどうかしましたか」

「勝蔵どのはその常磐津の師匠の稽古所に通っていたそうなのですが、このところぱたりと顔を見せないとか。師匠が心配していたものですから。ふと、思いだしましてね」

甚兵衛がギョッとした顔になった。

「ま、まさか、勝蔵が殺されて、片腕を切り取られた……。いや、待てよ、昨日、いや一昨日だったかな、勝蔵を見かけましたが、元気でしたぞ。片腕がなくなっている様子もありませんでしたし」

「住まいはどこですか」

「こっちです」

甚兵衛が歩きだす。

急に不安に襲われてきたようだ。

伊織と長次郎があとに続いた。

「ここですがね」

甚兵衛が足を止めた。

入口の腰高障子には、

大工　かつぞう

と、稚拙な字で書かれている。

伊織が言った。

「留守のようですね。仕事に出かけているのでしょう」

「中をのぞいてみますか」

「いえ、留守中に勝手に他人の家をのぞくわけにはいきますまい」

「大家のあたしが見るのですから、かまいませんよ。まさか、勝蔵が片腕を失ったまま倒れていたりして」

甚兵衛は冗談を言った。

だが、自分の冗談で目の前に急に情景が浮かび、恐怖がこみあげてきたようだった。いつの間にか、声がやや震えている。

「おい、勝蔵、大家の甚兵衛だ。開けるぞ」

そう声をかけておいて、甚兵衛が腰高障子を開け放った。

もちろん、死体はなかったし、勝蔵もいなかった。

八畳ほどの部屋はきれいに整頓され、なんとなく広々として見える。

伊織はすばやく室内を見まわす。

土間の右手に台所があった。へっついには釜と小さな鍋が乗っていたが、とくに調理をした形跡はなかった。

台所道具はほとんどなかったが、壁に包丁が掛けられていた。大工は手間賃がいいだけに、たいていは外食しているのであろう。

壁には、神棚が祀られていた。

八畳の奥は障子になっている。障子の横に枕屏風が立てられ、夜具と枕が隠されていた。入口の腰高障子と奥の障子を開ければ風が吹き抜け、裏長屋としては快適なほうと言えよう。

部屋に商売道具をおさめた道具箱がないのは、仕事に持参したのであろう。前田屋で買った鋸も見あたらなかった。

とくに変わりはない。独り者の職人の住まいは、こんなものであろうか。いや、独り身の男にしては、片付けが行き届いていた。

伊織はふと、行灯や火打箱、米櫃（こめびつ）などの道具がすべて壁際の一か所に集められ、積み重ねられているのに気づいた。整頓というより、ひらけた場所を作ったかのようである。

ピンとくるものがあった。

（畳をはがしたに違いない。となると、床下だ）

かすかに独特の臭気も感じる。

伊織は、平八の死体は床下に埋められていると察した。しかも、埋め方は浅かったに違いない。

だが、ここで勝手に畳をはがすわけにもいかない。

いっぽう、室内を確認した甚兵衛は、

「勝蔵は死んではいなかったですな」

と、ほっとしたようだった。

続いて、憤懣に堪えないように言う。

「まったく、人騒がせな奴だ」

「いえ、こちらが勝手に思いこんだだけですから」

伊織が甚兵衛をなだめた。

ひとりで思いこみ、ひとりで安心し、ひとりで怒っているのが、なんともおかしかった。

「では、お邪魔しましたな」

伊織と長次郎は引きあげる。

三

岡っ引の辰治は大急ぎで、下谷山崎町の自身番に出向いた。さきほど、同心の鈴木順之助の使いが来て、呼びだされたのである。

自身番の建物の上框の前に、鈴木の供である金蔵が六尺棒を持って立っていた。いかにも、いかめしい。

辰治が外から声をかける。

「旦那、遅くなりやした」

「おう、辰治か、あがってくれ」

鈴木の返事を受け、辰治が部屋の中に入ると、座っているのは鈴木と、町役人の五左衛門だけだった。

辰治の怪訝そうな様子を見て、鈴木が言う。

「じつは人払いをしてもらった」

「さようでしたか」

「五左衛門どのには大まかに話をしたところだが、もう一度、最初からくわしく話そう」

「へい、ありがとうごぜえす」

　鈴木がおもむろに茶を飲んだ。

　喉をうるおしたあと、話しだす。

「町奉行所が正式に、御家人の堀又七郎あてに、

『下谷山崎町でこのほど発見された女の死体は、ご貴殿の妻の典どのの疑いがある。心あたりはないか』

　という旨の照会状を出した。

　ところが、堀からの回答は、

『妻の典は現在、病の床にあり、外出も面会もできない。病とはいえ、生きている。発見された死体が典ということはありえない。なにかの間違いである。以後、この件については、いっさいお答えするつもりはない』

　という、木で鼻を括ったようなものだった」

「ひと筋縄ではいかないとは覚悟していましたがね。『お典は生きている、だからその死体はお典ではない』という強弁ですか」

　辰治もさすがにあきれた。

鈴木が苦い顔で言う。

「町奉行所の役人は武家屋敷に立ち入れないのは、てめえも知っているだろう。堀家の屋敷に乗りこんで、

『お典は、どこにもいないではないか』

と論破するわけにはいかぬからな。

堀が言い張るかぎり、われらはもう、なにもできない」

これまでにさんざん経験しているため、鈴木の口ぶりに口惜しさはない。淡々としていた。

五左衛門が遠慮がちに口をはさむ。

「今回は病気で乗りきったとして、これから世間に対して、どう取り繕うのでしょうか。お典さまがいないことは、いずれ近所に知れると思うのですがね」

「病気は快復したが、屋敷から出奔した。あるいは、男と駆け落ちしたとでも言うのかもしれぬ」

鈴木が皮肉な口調で言った。

辰治が笑って言う。

「ほとぼりが冷めたのを見はからい、病気であえなく死んだことにして、早桶に

石でも詰めて堀家の菩提寺に送るかもしれませんぜ。ちょいと金を握らせれば、寺の住職も目をつぶっているでしょうよ」

「ははあ、さようですか。

するど、鈴木さま、あたくしどもが早桶に詰めて寺に送ったあの死体は、どうなるのでございますか」

「身元不明の行倒人だな。すでに無縁仏になっているのだろうよ。要するに、そのままだ。おまえさんや町内が、あらたな負担をすることはない」

「ははあ、さようですか」

五左衛門も、さらなる面倒はまぬかれたことを理解したようだ。

そのとき、自身番に誰か訪ねてきた。

金蔵が叱りつける。

「いま取りこみ中じゃ。出直してきなされ」

訪ねてきた男は、ぶつぶつ不平を言いながら帰っていく。

鈴木が話を続ける。

「次に、遠州屋の後家のお豊と、下女のお麦の罪状だ。罪状はふたつある。

ひとつは、お典の死体を鋸でバラバラに切断して、捨てたことだ。

ふたつは、隠し売女稼業をしていたことだ。

ひとつ目は、なんとも対処が難しいな。ふたりがバラバラに切断したはずの女が、表向きは生きているのだからな。では、ふたりが鋸で切った死体は誰なのだ、ということになる。どうにか辻褄を合わせなければならない。拙者も頭を悩ませたぞ。

要するに、遠州屋で面倒を見ていた身元不明の病人が死に、始末に困り、鋸で切って捨てたと解釈するしかないな。死体の扱いとしては、はなはだ不届きだが、身元不明の病人の面倒を見てやったのは殊勝である。よって、お咎めなし、ということにしよう。

ふたつ目の隠し売女稼業だが、幕臣の妻女が地獄をやっていたなど、認めることはできぬ。認めることができぬことは、なかったという理屈だ。そのため、お雪ら五人の女が奉行所に召喚されることはない。まあ、連中も肝を冷やしたろうが、かろうじて命拾いしたと言えよう。また、遠州屋で地獄が商売をしていたなど、根も葉もない噂にすぎぬ、ということになろうな。

お奉行の筒井和泉守さまのお考えはこうだ。

『公式には、すべてなかったことにする。

ただし、噂は広まるだろうな。これはかりはどうしようもない。だが、奉行所はいっさい認めない――それをつらぬく。

噂を禁じるすべはないが、瓦版で暴露することや、戯作などでほのめかすこと、浮世絵や春画に描くことは厳禁する。すべて、厳しく取り締まれ。要するに、いっさい形にして残してはならぬ』

と、まあ、こういう形で決着した」

聞き終えて、五左衛門が恐る恐る確認する。

「すると、遠州屋のお豊とお麦は、召し捕られないのでございますか」

「うむ、叱り置くだけということだな。まあ、あのふたりも懲りたろうよ」

「ふたりは、お奉行所でお裁きを受けることはないわけですね」

五左衛門は慎重に再度、確認する。

内心で、安堵のため息をついているようだ。

お豊とお麦が裁かれる場合、町役人である五左衛門も奉行所に出頭しなければならない。その負担は大きかった。

五左衛門としては、救われた気分であろう。

「旦那、臭いものに蓋をするのはわかりやしたがね。お典を殺した雅鳥の扱いはどうしやすか。人殺しとわかっていながら、このまま手をこまねいているのは、なんとも癪ですぜ」

「それそれ。拙者も言おうと思っていたことだ。

雅鳥を、お典殺しで召し捕ることはできない。建前では、お典は生きているのだからな。

だが、せめて真相を知りたい。また、それなりに取っちめてやりたい。

てめえ、雅鳥を突き止めたら、ひとつふたつ張り飛ばして、鬱憤晴らしをするがいいさ」

「わかりやした。なぜ殺したか、どうやって殺したかを白状させやすよ」

鈴木が金蔵に声をかけ、出立する様子である。

五左衛門は気が抜けたかのようだった。なかば放心状態と言おうか。こういう形での決着は、想像もしていなかったのであろう。

四

岡っ引の辰治は、まず浅草阿部川町に向かった。行先は、酒屋の三河屋である。

先日、確かめているからすぐにわかった。

店先に立つと、酒の匂いがただよってくる。土間の端に菰樽（こもだる）が置かれ、奉公人が枡に酒を注いでいた。

辰治は、手代らしき若い男に声をかけた。

「主人の市左衛門さんを呼んでくれないかね。辰治と言ってもらえればわかるはずだ」

手代の顔が強張っている。辰治としてはできるかぎりおだやかな言動を心がけているのだが、やはり威圧を感じるらしい。

奥の、帳場格子の中に座っていた市左衛門が顔をあげ、辰治に気づいたようだった。

近寄ってきた手代を、

「いいんだ、いいんだ、知っている人だ」

と手で制するや、すぐに立ちあがると、店先に出てきた。

市左衛門は小腰をかがめ、小声で言った。

「これは、親分、先日はお手数をおかけしました」

「ちょいと、外に出られないかね。立ち話でいいのだが」

「では、前の通りを右手にちょいと行くと、左手にお稲荷さまがございます。そこで、いかがでしょう」

「うむ、よかろう。わっしは先に行って待っているぜ」

辰治は言い捨て、歩きだす。

本屋の越後屋があった。見ると、助太郎は年増の客に愛想よく応対している。若旦那が板についてきたようだ。

小さな稲荷社の前に立っていると、市左衛門が現れた。

「お気遣いいただき、ありがとうございます」

「さすがに、店では話せねえからな。

わっしは、まどろっこしいのは嫌いだから、ずばり聞こう。おめえさんが遠州屋を紹介した、仙水という男は、どこの誰だ」

市左衛門の顔が苦悩にゆがんだ。

友人を売る形になるのは耐えがたいのであろう。

「おい、仙水を召し捕るつもりはないから安心しな。そもそも、地獄を買った咎で召し捕るとなれば、おめえさんはとっくに召し捕られているはずだろうよ。おめえさんが大本の、張本人なんだからな。仙水にちょいと聞きたいことがあってな。話を聞いて確かめたら、それで終わりだ」

「さようですか、承知しました。町内に『今村』という料理屋がございます。仙水は、今村の主人の藤兵衛さんです」

「仙水は俳号のようだな。おめえさんも俳句をやるのかね」

「いえ、あたくしは不調法でして。ですから、俳号もありません」

「すると、雅鳥という男を知っているかね。おそらく俳号だと思うが」

「いえ、あたくしは存じません」

辰治は、一足飛びに雅鳥にたどりつけないのを知った。ここは、地道にたどるしかあるまい。

「では、今村の場所を教えてくんな」

料理屋の場所を聞き終え、

「ではな」

と、辰治が歩きだそうとするのを、市左衛門がとどめた。

「親分、ちょいとお待ちを。これは、あたくしの気持ちでございまして」

そう言いながら、懐紙の包みを辰治の着物の袂にすべりこませた。

店を出るとき、あわてて用意したようだ。

「そうか、すまねえな」

辰治は当然のように受け取る。

感触から、二分金二粒、合わせて一両のようだった。

＊

紺地に「今村」と白く染め抜かれた暖簾をくぐると土間になっていて、右手が台所だった。複数のへっついが並び、置かれた大鍋から湯気があがっている。

料理人は包丁を手にして、俎板の上に乗せた鯛をさばいていた。

そばに大きな蛸が吊るされていたが、すでに赤味を帯びているので、茹でられたあとであろう。

襷を掛け、前垂れをした女中が通りかかったので、辰治が声をかけた。

「主人の藤兵衛さんに、ちょいと話があるのだがね」

「旦那さまはいま、お出かけです。まもなくお戻りだと思いますが」

辰治が左手に目をやると、二階に通じる階段があった。さらに左手の奥まった場所に、帳場格子で囲まれた一画があったが、たしかに人はいない。

「そうですかい。では、出直しますよ」

あっさり、辰治は退却した。

土間から通りに戻り、あたりをぶらぶらしながら藤兵衛の帰りを待つ。

今村の台所から、風に乗って煮物のよい匂いがただよってきた。

通りを行く人間がときおり、今村のほうを見て、

「いい匂いだな」

と、つぶやいていた。

しばらくすると、羽織を着た恰幅のいい男が、風呂敷包を背負った丁稚を従えてやってきた。そのまま通りすぎるかと見ていると、今村の暖簾がかかったほうに足を向ける。

辰治は間違いないと見て、すばやく歩み寄り、背後から声をかけた。

「藤兵衛さんですかい。遠州屋では仙水と名乗っていたようですが」

振り返った男の顔は青ざめていた。

「お、おまえさんは」

「わっしは、こういう者ですがね」

辰治はふところの十手をちらりと見せた。

藤兵衛は懸命に平静をよそおうとしていたが、手の指先がかすかに震えている。

「ちょいと話を聞きたいのだが、ここで立ち話というわけにもいきますまい。まずは、供を先に帰したらどうですかい」

「はい、さようですね。

おい、先に帰っていなさい」

藤兵衛が丁稚を追いやった。

「どこか、目立たない場所はねえかね」

「はい、では、こちらへ」

案内された場所は、道端に置かれた天水桶の陰だった。

ふたりが近づくと、それまで寝ていた猫があわてて逃げだした。

「おめえさん、三河屋市左衛門から、遠州屋にお奉行所のお役人が踏みこんだのは聞いたろう」

「はい、聞いております。『自重するように』との注意も受けました」

「そのことを、今度はおめえさんがそっくり雅鳥に伝えたのか」

「え、なんのことでございましょうか」

藤兵衛がわからぬふりをした。

辰治は恫喝するでもなく、なかば笑って言う。

「おい、とぼけるな。べつに、雅鳥をかばうこともねえぜ。

市左衛門は召し捕られなかった。おめえさんも召し捕るつもりはない。ここまで言えば、わかるだろう。お奉行所は、地獄を買っていた男を咎めることはない。

まあ、安心しな。

仙水がどこの誰かは、市左衛門から聞いた。今度は、仙水から雅鳥がどこの誰かを聞く番でな。じつは、雅鳥に確かめたいことがあってな。それで、市左衛門、仙水とたどってきたのよ。わっしも歩き疲れた。早く役目を終えて、家に帰りたいのさ。

　雅鳥は、どこの誰だ」

「さようですか、はい、町内に『陸前屋（りくぜんや）』という乾物屋（かんぶつや）がございます。雅鳥さんは、陸前屋の主人の半兵衛さんでございます」

「おめえさんの俳句仲間か」

「はい、さようです」

「では、陸前屋の場所を教えてくんな。

　これから陸前屋に半兵衛を訪ねる。しかし、外出していたら、明日になるかもしれない。

　おい、半兵衛に注進するんじゃねえぞ。もし、おめえさんが事前に知らせていたのがわかったら、そのときは自身番に引っ張っていって、当分は店にも句会にも顔を出せないようなご面相にしてやるからな、いいか」

　それまで温厚だった辰治が豹変し、凄んだ。

　藤兵衛は身を竦め、震え声で陸前屋の場所を教えた。

＊

陸前屋は乾物屋だけに、土間に置いた板の上に干椎茸(ほししいたけ)や干瓢(かんぴょう)などが並べられているのが、表の通りからも見てとれる。

種々の鰹節もそろっているようだ。別の板には、魚の干物が並べられていた。

辰治は店の中を眺め、帳場に半兵衛らしき男が座っているのを見た。年のころは三十前後であろう。

ちょっと迷った。

同じ地獄買いをしていたと言っても、陸前屋半兵衛の役人に対する警戒と恐怖は、三河屋市左衛門や今村藤兵衛とは、くらべものにならないほど大きいはずだった。

なんといっても、半兵衛は殺人を自覚しているのである。内心、いつ召し捕られるかと、びくびくしているに違いない。

（へたをすると、走って逃げるかもしれないな。いや、発作的に自害するかもしれない）

辰治は対応を迷ったあげく、奉公人の取り次ぎを経ないことにした。

土間に草履を脱いであがると、そばにいた番頭らしき男に、

「主人の半兵衛に用がある」

と告げ、ずかずかと帳場のほうに行った。

番頭は啞然として、とっさに対応ができないでいる。

帳場格子のそばに立ち、辰治がふところの十手を取りだした。

「てめえ、雅鳥だな」

半兵衛の顔が紙のように白くなった。

机の上の大福帳になにやら記入していたのだが、右手は筆を持ったまま凍りついている。

「遠州屋の件で、ちょいと話がある。てめえも、奉公人に醜態は見られたくあるめえ。ちょいと、外で話そうじゃねえか。どうだ」

「はい、かしこまりました」

かすれた声で答え、半兵衛が立ちあがる。

その膝が、がくがくと震えていた。

辰治は相手が逃げださないよう、横目で注意深く動きを眺めた。いざとなれば、

ためらいなく十手で頭や肩を殴りつけるつもりだった。

近くで見ると、半兵衛の顔色は悪く、頬がややこけている。遠州屋から逃げだして以来、不安にさいなまれ、ほとんど安眠したことがないのがうかがえた。

異常な事態に驚き、奉公人は誰も口を開かない。黙って、主人が辰治と連れ立って外に出るのを見送っていた。


しばらく歩くと、新堀川に突きあたった。

新堀川といっても掘割なので、流れはまっすぐである。濁った水面の上を、数羽の燕が飛びかっていた。いつしか、燕の季節になっているようだ。

ときおり、俵を積んだ荷舟が通る。

対岸には小さな寺が並んでいた。境内の緑が瑞々(みずみず)しい。

川べりに立ち止まり、辰治が言った。

「ここがよかろう。ここなら、人に立ち聞きされることはねえからな」

「はい、けっこうでございます」

半兵衛はうつむいたままである。

全身が緊張で強張っていた。

「てめえ、仙水――今村の藤兵衛に話を聞き、お武家の内儀を抱けると期待して、遠州屋に行ったわけだな。初めての相手がお典だった。まあ、男からすれば災難に遭ったようなものだぜ。

武家をひけらかすお典に、

『そのほう、へのこが小さいのう。物足りぬぞ』

とでも言われて、カッとなって絞め殺したのか。

それとも、

『そのほう、早いのう。物足りぬぞ』

とでも言われたか。

わっしなんざあ、女房にへのこが小さいとか、早いとかは常々言われているから、いまさらお典に言われても、なんとも感じなかったろうがね」

「ち、違うんです。親分、聞いていただけますか」

半兵衛がようやく顔をあげた。

辰治は相手の必死の視線を受け止める。

「ああ、聞くぜ」

「あの日、お武家の女は初めてなので、あたくしもちょいと緊張していました。

ところが、お典さんは、あたくしの顔を見るなり、
『あら、すてきなお羽織』
『あら、すてきなお煙草入れ』
などと、うっとりしたように、着物や道具を褒めそやすのです。おべんちゃら
とわかっていても、お武家の女からお世辞を言われて悪い気はしませんでした。
ところが、肝心のことになるとがっかりでしてね。棒のようにじっとしていて、
声もいっさいあげないのですよ。あたくしは落胆というより、やや腹立たしくな
り、
『少しは声でもあげてはどうだい』
と言ったのです。
するとお典さんが言うじゃありませんか。
『武家の女は、そんなふしだらな真似はしません』
まあ、こうなると、売り言葉に買い言葉でしてね。
『お武家お武家というけど、身体を売っているんだから女郎と同じだよ』
『町人風情(ふぜい)が、武家を愚弄するのですか』
お典さんは顔を真っ赤にし、目をつりあげ、わめき散らすのです。あれはもう、

まるで狂人ですね。

あたくしも、あわてました。やはり、下にはもちろん、近所に声が聞こえてはまずいですから。そこで、お典さんを黙らせようと、手で口を押さえたのです。すると、お典さんが手を振り払い、立ちあがろうとしたのですが、その拍子に後ろによろけて、柱で頭を打ったのです。ゴンと、不気味な音がしましてね。お典さんはそのままずるずると横たわり、ピクリとも動きません。あたくしが驚いて声をかけ、身体を揺さぶったのですが、意識は戻りませんでした」

辰治は聞きながら、後頭部を柱で打ちつけたのが死因だろうと思った。

供述が本当なのかどうかは、沢村伊織が頭蓋骨を検分すれば判明するであろう。しかし、すでに頭部は隅田川に沈んでいる。もはや検屍はできない。

ここは、半兵衛の言い分を受け入れるしかなかった。

「ふむ、お典が死んだのがわかり、てめえはあわてて逃げだしたのか」

「はい、申しわけありません」

「まあ、ああいう場合、男は逃げだすのが普通だぜ」

「親分、あたくしは小伝馬町の牢屋に入れられ、打ち首になるのでしょうか」

「それはないだろうな」

辰治があっさり言った。

半兵衛は意味がわからないようである。むしろ、不安が大きくなってきたようだった。打ち首以上の酷刑を想像しているのかもしれない。

こみあげてくる恐怖で声を震わせ、半兵衛が言った。

「あ、あの、どういうことでございましょうか」

「じつは、妙な具合になっていてな。死んだお典の夫の堀又七郎が、

『妻のお典は生きている。しかし、病気なので人前に出ることはできない』

と言い張っているのよ。

妻が地獄をしていたなど、認めたくないし、世間に知られたくないのだろうがね。

お奉行所のお役人も、武家屋敷には手をつけられない。

と、どうなる。

遠州屋の二階で死んでいた女はお典ではない、という理屈になる。というわけで、てめえはお典の死亡とは無関係だな」

「すると、二階の死体はどうなったのでしょうか」

「そこだよ。遠州屋の女ふたりが苦労して、始末してくれたよ。鋸で切り分け、

バラバラにして捨てたのさ」

「えっ、すると、あのバラバラ死体は……」

半兵衛が驚愕で目を見開いた。

下谷山崎町のバラバラ死体の噂は耳にしていたらしい。しかし、お典とは夢にも思っていなかったのであろう。

「てめえも噂で耳にしたようだな。そのとおり、あの下谷山崎町の田んぼで見つかったバラバラ死体は、じつはお典だったのよ。いまは、身元不明の行倒人として、無縁仏になっているがね」

「そうだったのですか」

半兵衛がなんともつらそうな顔になった。

いまさらながら、遠州屋のお豊とお麦に多大な迷惑をかけてしまったのを痛感しているようだ。

「さて、真相もわかったことだし、わっしは帰るかな」

「親分、ちょいとお待ちください。あたくしは、これからどうすればよろしいのでしょうか」

「すべては有耶無耶(うやむや)になった。おめえさんは九死に一生を得たわけさ。しかし、それなりに懲りたろうよ。これからは、せいぜい商売に励むことだな。どうだ、途中まで一緒に行くか」

「いえ、あたくしはしばらく、ここで」

「そうか、川の流れを見ながら、ひとり考えるのも、いいだろうな」

辰治が歩きだす。

その後ろ姿に、半兵衛が声をかけた。

「親分、そのうち、ご挨拶にまいります」

「そうか、では、手土産に干物を頼むぜ。さきほど、ちらと見たが、なかなかうまそうだった」

辰治は上機嫌である。

半兵衛は、新堀川の岸辺に立ち尽くしていた。

店に戻ってから、家族や奉公人にどう弁明するか、かなりの難題に違いない。

言いわけを懸命に考えているのだろうか。

＊

「あ〜、足が棒になったぜ」

辰治は勝手口から家にあがった。

亭主が戻った気配に、女房のお常が店のほうから顔を出した。

「おまえさんが外をほっつき歩いているあいだに、手紙が届いたよ」

「ほっつき歩いているとはなんだ、お上の御用だぞ、まったく。

手紙は誰からだ」

「届けてきたのは、お稚児さんのようなかわいらしい男だったけどね」

「ほう、陰間がどこやらで俺を見初めて、文を寄こしたのかな」

「馬鹿馬鹿しい。おまえさんに文を寄こすとしたら、もう盛りを過ぎて、薹が立った陰間くらいだろうよ」

お常は手紙を渡すと、さっさと店のほうに戻る。

店は忙しいに違いない。しかし、そんななか、亭主が戻ったのを知って、すぐに手紙を渡しにきた。それなりに亭主の仕事に対して気を使っているようだ。

辰治は仏頂面で、

「まったく、口の減らない女だ」

と言いながら、手紙の封を切った。

差出人は沢村伊織だった。

ということは、手紙を届けてきたのは弟子の長次郎であろう。辰治はふと、汁粉を奢ってやればよかったなと思った。

手紙を読み終え、辰治は疲れがいつしか吹き飛んでいた。

（なんと、湯島天神門前でも、バラバラ事件が起きていたのだろうか）

しかも、武士がらみではなさそうである。

また、謎はすでに伊織が解いているらしい。最後の捕縛を、岡っ引に依頼してきたのである。

今度こそ下手人を召し捕れると思うと、辰治は勇躍してくるものがあった。このところの鬱憤を晴らせると言おうか。

辰治はさっそく明日、伊織の家を訪ねることにした。

第五章　長　　屋

一

　朝のうちに沢村伊織を訪ねてきた岡っ引の辰治は、これまでの経緯を聞き取ったあと、言った。

「わかりやした。では、わっしはこれから、いろいろ手筈をととのえてきやす。大工が普請場の仕事を終え、家に帰ってくるのは七ツ（午後四時頃）過ぎあたりでしょうな。そのころまでに、また来やすよ。先生も、七ツまでには診察も往診も終えておいてくだせえよ」

　そして、辰治は帰っていった。

　その後、伊織は、やってくる患者の診察や治療を続けた。一件の往診もあったが、七ツまでには戻ることができた。

しばらくして、辰治が現れた。

「先生、このあたりを牛耳る岡っ引に挨拶してきましたぜ」

「え、どういうことですか」

「岡っ引には、いちおう縄張りみたいなものがありやしてね。いくら悪人を召し捕るとはいえ、自分の縄張り違いのところでやると、あとで揉めることがあるのですよ。

今回はすでに場所はわかっていますからね。それで、湯島一帯を縄張りとする岡っ引のところに行き、挨拶をしてきたのです。

もともと面識のある男だったこともあり、あっさり了承してくれましたよ。それどころか、

『俺の子分に手伝わせてもいいぜ』

とまで言ってくれたのですがね。

もちろん、丁重にお断りしました。

いま、ジンベ長屋は半六という、わっしの子分に見張らせています。機転の利く野郎ですから、間違いはないはずです。

では、先生、そろそろ行きますかね」

そのとき、長次郎が言った。

「先生、わたしに、お供させてください」

「う〜ん、そうだな、私の弟子というより、父親の名代ということにしようか」

伊織が苦しまぎれに言いながら、念のために杖を手にする。

辰治がすぐに反応した。

「名代とは、どういうことですかい」

「ジンべ長屋の持ち主は、薬種問屋の備前屋なのですがね。こちらの長次郎は、備前屋の倅ですから」

「ほほう、そうでしたか」

名代、いざというときは、頼みやすぜ」

辰治の口ぶりは、激励しているのか、からかっているのかわからない。

伊織と長次郎、それに辰治が出かけるのを見て、お繁が竹籠を示した。

「いつまでかかるかわからないし、お腹が空くかもしれないと思って、用意しました。大家の甚兵衛さんのところに届けておきますからね」

竹籠には、握飯がびっしりと詰められている。

下女のお熊が甚兵衛宅に運ぶに違いない。

辰治が顔をほころばせる。

「ほう、ご新造さん、これはありがたい兵糧ですな。子分の半六は腹を空かせているはずですよ。まず、あの野郎に食わせてやりやしょう」

伊織も妻の手まわしのよさに驚いた。

実家の立花屋は仕出料理屋である。湯島天神門前で火事などの被災者が出たとき、立花屋は炊きだしをして、いちはやく握飯を届けたりしていたのであろう。お繁は幼いころから、そういう下町の助けあいを見て育っていたのだ。

*

伊織と長次郎、それに辰治がジンベ長屋の木戸門に近づくと、子分の半六が寄ってきた。

「親分、薄あばたで、団子鼻で、左目の下に泣き黒子があり、道具箱を肩に担いだ男はまだ帰ってきやせんぜ」

「そうか、ご苦労。わっしはこれから、勝蔵の野郎の部屋を検分する。てめえは、木戸門の外で見張っていてくれ」

「へい、わかりやした」

辰治が路地を奥に進む。伊織と長次郎があとに続いた。

伊織はここで大家の甚兵衛に出くわすと面倒だなと思ったが、さいわい路地にはいなかった。その代わり、数人の男の子がドブ板を踏み鳴らして走っている。

どこやらから、母親らしき女が、

「うるさいよ。寝たばかりなんだからね」

と、怒鳴った。

赤ん坊が寝ついたばかりらしい。

外の騒音に怒りをあらわにしているが、自分の怒鳴り声にはまったく気づいていないのが、伊織はなんともおかしかった。

部屋の前に立つと、辰治は陽気に、

「ちょいとごめんよ。いるかい、邪魔するぜ」

と声をかけながら、腰高障子を開けた。

土間に草履を脱ぎ、ずかずかと部屋にあがる。

伊織は土間には足を踏み入れたが、そこで立ち止まった。長次郎は路地に立ったままである。

辰治は部屋を見まわし、すぐに奥の障子に気づいたようだ。細目に開けて外をのぞいた。

「ここから外に逃げられたら、厄介だな。半六を外に配置しやしょう」

その後、部屋の中ほどにひざまずき、鼻を畳に近づける。

臭いを嗅いで、

「うむ、間違いありませんな。馴染みのある臭いですぜ」

と言いながら立ちあがる。

路地に出て、腰高障子を閉めたあと、辰治が配置を決めた。

伊織と長次郎は路地の隅で、さも立ち話をしているようにたたずんでいたが、しばらくして大家の甚兵衛が血相を変えてやってくるのが見えた。

（いかん、うっかりしていた）

下女のお熊が握飯を運んできて、甚兵衛にこれから大捕物がはじまるなどと告げたに違いない。

驚いた甚兵衛が、あわてて様子を見にきたのだ。へたをすると、計画がぶち壊しになりかねない。

伊織が手で招いた。

「甚兵衛さん」

「おや、先生、どうしたのです」

　甚兵衛が近づいてきた。

「静かにしてください。辰治親分という岡っ引と、その手下がひそんでいます」

「え、岡っ引ですって。だ、誰を召し捕るのですか」

「大工の勝蔵どのです」

「え、勝蔵ですって。では、先日、先生が長屋に来たのは、勝蔵を探るためだったのですか。

　先生も人が悪いではありませんか。あたしに、ちょいと耳打ちしてくれればよいのに。あたしは大家ですぞ」

「あのときは、まだはっきりわかっていなかったのです。そんなわけで、言えませんでした。申しわけない」

「それで、勝蔵は、なにをしでかしたのですか」

「それは、辰治親分が勝蔵どのを召し捕れば、おいおいわかってきます。とりあえずいまは、世間話をしている格好で待ちましょう」

　伊織がなだめ、説得する。

甚兵衛は同意したものの、こみあげてくる緊張からか、

「急に小便に行きたくなってきましたな。あ、いかん、漏れそうです」

と、もじもじしている。

長屋の中ほどにちょっとした広場があり、そこに井戸、総後架（そうこうか）、ゴミ捨て場がまとめて設置されていた。

伊織が総後架に目をやり、言った。

「便所に行けばよいではないですか」

「いや、あたしが小便をしているあいだに勝蔵が帰ってきたら、どうするのですか。大家として、肝心の場面には立ち会わねばなりませんからな」

甚兵衛がもっともらしいことを言った。

だが、その本音は、勝蔵が召し捕られる現場を見逃したくないということのようだった。

二

路地に入ってきた男は、紺木綿の腹掛に股引、法被（はっぴ）という姿だった。足元は黒

足袋に草履で、肩に道具箱を担いでいる。

そのいでたちから大工とわかるが、容貌をひと目見ただけで、沢村伊織はすぐに勝蔵とわかった。鋸を売った前田屋の主人の観察眼と記憶力に、あらためて感心する。

勝蔵が腰高障子を開けた。

それまで姿を隠していた岡っ引の辰治が、どこやらから、すっと現れた。

上框に道具箱をおろした勝蔵の背後から、辰治が十手を手に迫った。

「おい、神妙にしろい」

振り向いた勝蔵は恐れ入るどころか、辰治を突き飛ばし、逃げようとする。

せまい土間にふたりが立っているため、身体が接近していて、辰治は十手を振るえない。すかさず勝蔵に組みつきながら、

「おい、半六、来てくれ」

と叫んだ。

せまい土間で揉みあいになる。折り重なるようにして倒れ、下になった辰治が水瓶で横腹を打って、一瞬、息が詰まる。

半六が障子を開け、部屋の中に跳びこんできたが、間に合わなかった。

勝蔵が土間から路地に飛びだしてきた。

いつの間にか、右手に匕首をひらめかせている。捕縛の手が伸びてくるのを予想して、ふところに忍ばせていたようだ。

「みな、邪魔するな」

ギラギラした目で見まわしながら、勝蔵が叫んだ。

大家の甚兵衛は路地の片隅に身を寄せながら、

「お、おい、いや、それは、いかんぞ」

と、意味不明な呼びかけをする。完全に動転していた。

前途に立ちふさがったのは伊織だった。

杖を斜め上にかかげて、言った。

「勝蔵、もう逃げられぬぞ。刃物を捨てろ」

勝蔵の目に毒々しい光があった。伊織が構えているのが竹の杖なのを見て、まさに冷笑している。

だが、これこそ、フェンシングの突きを知らない人間に対する、伊織の作戦だった。かつて、伊織は長崎の鳴滝塾でシーボルトに師事していたとき、出島のオランダ商館員にフェンシングの手ほどきを受けていたのだ。

勝蔵は竹の杖の打撃を左手で受け止め、突進しながら右手に持った匕首で相手を刺すつもりのようだ。左手を遊ばせながら、突っ込もうとする。

突然、伊織が杖を水平に構えた。右足を前にした半身になる。その体勢のまま、右足を大きく踏みだし、全身の力を乗せて杖を突きだす。

竹の杖の先端は、鉄の輪で補強してあった。その先端が、勝蔵の下腹部に食いこんだ。

「ぐえっ」

竹の杖の予想もしない動きに、勝蔵はまったく対応できず、
とうめくや、身体をかがめ、匕首を落とした。

伊織がすばやく匕首を蹴り飛ばし、甚兵衛に声をかけた。

「拾ってください」

ところが、甚兵衛は身体が竦んでいる。手も足も、まるで動かない。

長次郎が、かがんで匕首を拾いあげた。

そこに、半六がなだれこんできて、勝蔵を押し倒し、馬乗りになる。続いて、横腹の痛みに顔をしかめながらも辰治がやってきた。

「この野郎め、手間をかけさせやがって」

草履で勝蔵の横腹を蹴りつけ、後頭部を踏みにじる。

見かねて、伊織がとどめた。

「親分、そのくらいで」

辰治もようやく乱暴をやめ、勝蔵を取縄で縛りあげる。

うつ伏せに倒れたため、勝蔵は顔面を打ちつけ、鼻血を流していた。

伊織が甚兵衛に言った。

「先日、床下から白骨を掘りだしたときの、鳶の衆を呼んでくれませんか」

「え、なんのためですか」

「勝蔵どのの部屋の畳をあげ、床下を掘りたいのです」

「え、また白骨ですか」

「いえ、今度はまだ骨にはなっていません」

「じょ、冗談ではありませんよ」

甚兵衛は顔を真っ赤にして憤慨している。

横から、辰治が言った。

「そう、冗談ではねえ。これは本気だ。お奉行所のお役人からの命令と思いなせえ」

「し、しかし鳶の衆といっても、あたしは、たかが長屋の大家ですからね」

甚兵衛は鳶の者にどう声をかければいいのか、途方に暮れていた。

伊織が思いだして言った。

「たしか、備前屋に出入りの鳶の者だったはず。備前屋に頼めばいいでしょう。なんといっても、備前屋はこの長屋の持ち主ですから。

そうだ、長次郎、そなたも甚兵衛さんと一緒に行ってくれ」

「はい、かしこまりました」

長次郎が甚兵衛とともに、備前屋に向かう。

辰治が言った。

「では、鳶の者が来るまでのあいだ、わっしらは握飯で腹ごしらえをしやしょうかね。

おい、勝蔵、なんなら、てめえにも食わせてやるぜ」

縛られた勝蔵を引き連れ、辰治、半六、そして伊織は大家の家に向かった。

＊

鍬を手にしてやってきた鳶の者ふたりは、伊織の顔を見て言った。

「おや、また先生ですか。ということは、男女の判定をするわけですか」

「いや、まだ白骨にはなっていないはずだから、男女の区別はすぐできよう」

「ということは、まだ生々しい死体ですか」

さすがに鳶の者も、気味悪そうな顔になった。

辰治が盛りあげるように言う。

「さて、おめえさんら、男が出てくるか、女が出てくるか、楽しみじゃねえか」

半六は勝蔵の見張りで大家宅に残り、一同はぞろぞろと路地を進む。いつしか、長屋の住人が集まっていて、路地はまさに雑踏になっていた。

鳶の者ふたりが部屋にあがった。辰治は土間に立っている。伊織とそのほかは路地から見守った。

まず畳がはがされたが、鳶の者は手際がよい。次に根太を取り払って、土が見えるや、鳶の者が言った。

「色が変わっていやすよ。妙な臭いもしやすね。死体が埋まっているのはたしかですぜ」

鋤を使って、掘っていく。

すぐに、突きあたったようだ。

「うえぇー」

「なんだこりゃ」

鳶の者が土の中から次々と掘りあてる。

部屋の隅に敷いた筵の上に最初に放りだされたのは、泥だらけの右脚だった。

次に、泥だらけの胴体が放りだされる。

「なんと、バラバラ死体か」

辰治がうめいた。

下谷山崎町で発見されたバラバラ死体を思いだしたに違いない。

「先生、遠くに捨てにいくわけでもないのに、なぜ手間をかけてバラバラにしたのでしょうね。死体をバラバラにするのが流行っているのですかな」

「小さく切断したほうが、埋めやすいからではありますまいか。やはり、大の男の死体を動かすのは大変ですから。

怨恨もあったかもしれませんね。この際、身体をバラバラにしてやるという。ただし、真相は本人に尋問するしかありますまい」

伊織は、勝蔵が平八に激しい憎悪を抱いていたに違いないと思った。それは、平八の二の腕を、常磐津文字苑に送りつけたことからもあきらかである。

「お〜い、首が出てきたぜ」

鳶のひとりが髪の毛をつかんで首を持ちあげ、筵の上にどんと置いた。路地にどよめきが広がる。

泥まみれであり、容貌はまったくわからない。

辰治が甚兵衛に言った。

「これじゃあ、顔がわからねえや。おめえさん、この長屋の大家だよな、この首をちょいと井戸で洗ってきてくんねえか」

「め、滅相もない」

甚兵衛が尻込みをする。

その顔は真っ青になっていた。

伊織はこれこそ、医師の仕事だと思った。

「親分、それは私がやりましょう。

そのほう、手伝ってくれ」

「はい、かしこまりました」

長次郎がきっぱり答えた。

用意された笊に泥だらけの首を乗せ、井戸端に運んだ。

長次郎が水を汲み、そばに置く。

伊織は水をかけて泥を洗い流しながら、手ぬぐいで汚れを拭き取る。同時に、目視と触診をおこなった。

土に埋もれていたため、さほど腐敗は進んでいなかった。

すぐに、後頭部に陥没があるのがわかった。鈍器で殴りつけたに違いない。その陥没の大きさから、ほぼ即死だったと思われた。ほかには、とくに外傷はなかった。

井戸端には見物人が輪を作っている。誰も声をあげないのは、みな顔を知らないのであろう。

「では、戻ろうか」

長次郎が首を乗せた笊を運ぶ。

勝蔵の部屋に戻ると、すでに掘りだされた肢体が、筵の上に並べられていた。人体を構成するように配置されていたが、左の二の腕の部分がない。まさに常盤津文字苑の家に放りこまれた箇所だった。

また、掘りだされた鋸も、横に並べられていた。

伊織が部屋の隅に首を安置した。

辰治が、集まった人々に呼びかける。

「木戸銭はいらねえ。自由に生首を見物してくんな。ところで、この首の男を誰か、見かけた者はいねえか」

みな、恐る恐る首を眺めているが、返事はない。

「親分、気の毒ですが、常盤津文字苑師匠に見てもらうしかないでしょうね」

伊織の提案を受け、辰治が甚兵衛に言った。

「おめえさん、店子に文字苑師匠の家を知っている者がいるだろうよ。師匠を呼びにやってくんな」

そのとき、ひとりの男が叫んだ。

「師匠なら、ここにいるぜ」

伊織が見ると、人の輪の背後に隠れるようにして、文字苑が立っていた。

ジンベ長屋の勝蔵の部屋から死体が見つかったという噂が、いち早く稽古所に伝わったのであろう。弟子の多くは町内の人間だけに、噂が伝わるのは早い。

文字苑は居ても立っても居られない気分で、長屋にやってきたものの、いざ来てみると人であふれており、とても前に出てくる勇気はなかったようだ。

「師匠」

声をかけながら、伊織が進む。

見物人の輪が割れた。

文字苑の横に、弟子のお袖がいた。手で師匠の左肘のあたりをつかみ、支えている。伊織を見て目礼した。

「師匠、つらいと思いますが、確認してくれませんか」

「はい、わかりました」

お袖に支えられ、文字苑が首の見えるところまで進んだ。

ひと目見て、はっきりと言った。

「船頭の平八さんです」

三

大家の家で、勝蔵の尋問をすることになった。

当初、当然ながら大家の甚兵衛は渋った。

岡っ引の辰治が言った。

「勝蔵の部屋は平八のバラバラ死体が並べてあるから、使えねえじゃねえか。じゃあ、逆にしてもいいぜ」

「逆と言いますと」

「おめえさんの家にバラバラ死体を並べ、勝蔵の部屋を尋問場所にするわけだ」

「いえ、とんでもない。それでしたら、あたしの家を勝蔵の尋問に使っていただいてけっこうです」

甚兵衛があわてて承諾した。

ついに押しきられてしまい、情なさそうな顔で言う。

「でも、いったい、どういう因果でしょうね。先日は、長屋で白骨が見つかり、今度はバラバラ死体ですよ」

「ジンベ長屋の床下にはどこも、白骨か死体が埋まっているという評判が立ちそうだな」

辰治がからかった。

沢村伊織がなぐさめる。

「おそらく、勝蔵どのは白骨を参考にしたのでしょう。たまたまボヤ騒ぎがあったため、白骨が発見されました。逆から言えば、ボヤさえなければ、白骨はいまでも床下の土の中にあったはずです。そこで、勝蔵どのは、

『床下に埋めれば、死体は見つからない』

と考えたに違いありません」

「そういえば、白骨騒ぎのとき、勝蔵も熱心に見物していましたな」

甚兵衛は白骨騒ぎのときの光景を思いだしたようである。

一行は、大家の家に入った。

部屋がせまいため、勝蔵、辰治と半六、それに伊織だけにする。甚兵衛と長次郎は隣の台所に控えることになった。

辰治が言った。

「てめえの部屋の床下から、バラバラになった平八の死体が見つかったぜ。並べていくと、左の二の腕がなかったが、これはすでに、常磐津文字苑の家に放りこまれていたな。

死体と一緒に鋸が埋められていたが、これはてめえが下谷広小路の前田屋という古道具屋で買ったことはもう調べがついている。

てめえが平八を殺して、死体をバラバラにして埋めたのに間違いないな」

「へい、間違いありやせん」

勝蔵はあっさり認めた。

というより、もう否認のしようがないからかもしれなかった。

「なぜ平八を殺した」

「へい、ちょいと喧嘩になって、それでつい」

「ふ〜ん、『つい』ではあるめえよ。『ついに』じゃねえのか。

言いにくければ、わっしが言ってやろう。

てめえ、文字苑師匠に血道をあげ、しきりに言い寄ったが、相手にされなかった。そのうち、堅いと見せかけていた師匠に、平八という情男がいるのを知った。

まあ、おもしろくないし、腹が立つのもわからないではないぜ。男ならみんな同じようなものさ。

そもそも、平八が師匠の情男だというのを、どうして知ったのだ。師匠は秘密にしていた。ほかの男の弟子はみな手玉に取られていたなかで、てめえ、見かけによらず、なかなか勘がいいじゃねえか」

「へい、お話ししやす。

この春、男の弟子四人で師匠を誘い、屋根舟で隅田堤（すみだづつみ）に花見に出かけたのです。そのとき、平八という船頭と師匠が顔見知りのようだったので、あっしが、

『師匠、あの船頭を知っているのかい。お安くないな』

と言ったのです。

すると、師匠は、

『あたしは深川にいたからね。屋根舟や猪牙舟の船頭はほとんど顔見知りさ』

と笑っていましたよ。

あっしも、そのときは、そんなものなのかなと思ったのですがね。

その花見の夜、あっしが酔っ払って参道を歩いていると、なんと、平八の野郎が手ぬぐいで頰被りして歩いているじゃありやせんか。あっしはピンときましてね。そっと、あとをつけたのです。

するとと、師匠の家の裏手にまわりこみやした。勝手口から入りこんだのでしょうね。約束ができていたに違いありません」

「てめえ、そっと忍び寄り、板壁に耳をあてて中の様子を聞いたろうよ。そのうち、師匠のよがり声が聞こえてきたわけか」

「いえ、まあ、それは」

勝蔵は口ごもったが、顔がやや赤らんでいる。

盗み聞きをしたのはたしかだった。

「まあ、話し声が聞こえてきましてね。

『勝蔵って大工は、気づいたのじゃねえか。おめえを見る目が妙に熱っぽかったぜ』

『なに、気づくものかね。言い寄ってくるのはたしかだけど、あたしは深川にいたときから男嫌いで通っているんだからねと、はねつけているのさ』

『おめえが男嫌いとは、聞いてあきれらぁ。それとも、へのこは別か』

『おまえさんのへのこは別さ』

『じゃあ、勝蔵のへのこはどうだ』

『見たこともないよ』

と、笑いながらいちゃいちゃ、やっていましてね。あっしはそのとき、よっぽど戸を蹴り破って、暴れこんでやろうかと思いましたよ」

「ふうむ、なるほど、大工が笑い者にされちゃあ、黙ってはいられねえよな。だが、その晩はおとなしく帰ったのか」

「へい、腸(はらわた)は煮えくり返るようでしたがね」

「すると、次に会ったときか」

「へい、今度は、平八が師匠の家から帰るところのようでした。ちょうど、長屋の木戸門の前でばったり顔を合わせたのです。

『よう、花見のときの船頭の平八さんじゃねえか』

『おや、あのときの大工の勝蔵さんか。おめえさん、ここに住んでいるのかい』

ちょうどそのとき、あっしは家で一杯やるつもりで、貧乏徳利と、竹の皮に包んだ鰻の蒲焼を持っていたので、

『ちょうどいいや、どうだ、ちょいと付き合ってくんねえか』

と、誘ったのです。

すると、意外にも平八があっさり、ついてきたのです。いま思うと、内心ではおもしろがっていたのかもしれませんがね」

「それは、何ン時ころだ」

辰治が刻限を確かめる。

勝蔵は首をかしげながら言った。

「四ツ（午後十時頃）を過ぎていたでしょうね。翌日は、仕事は休みだったものですから、遅くまで呑んでいたのです」

「ふうむ、それで長屋の連中は、平八の顔を見ていなかったのだな。ところで、部屋に誘ったとき、てめえ、殺すつもりだったのか」

「いや、そこまでは。しかし、酒を呑みながら話をしているうち、だんだん腹が立ってきましてね。平八の野郎が蒲焼をぱくつきながら、

『精をつけるには、やっぱりこれだぜ』

と言いやがったんですよ。

そうか、この野郎、師匠と楽しんできたんだなと思うと、むかむかしてきやしてね。小便に行くふりをして、道具箱からそっと金槌（かなづち）を取りだし、後ろから頭を殴りつけてやったんですよ。一撃でした」

伊織は聞きながら、頭蓋骨を検屍した結果とも一致すると思った。

勝蔵は正直に述べているようである。

辰治がうなずきながら言う。

「ほう、大工だけに金槌の扱いは手馴れているな。素人では、そうはうまくいかなかったろう。何度も殴りつけ、平八も悲鳴をあげていたはずだ。

それで、あとは死体の始末だな」

「へい、あっしも、平八があっけなく死んでしまったのには驚きやしたよ。さすがに、あわてましたがね。

川に放りこむのが、いちばんいいのですが、あの野郎、船頭だけに身体が大きいのですよ。あれを担いで川まで行くのは大変です。

そのとき、長屋で白骨が見つかった騒ぎを思いだしましてね。床下に死体を埋め、顔が腐って溶けて、わからなくなる時分を見はからい、引っ越ししてしまえばいいと思ったのです。

身元がわからないよう、着物を全部脱がせたのですが、そのとき野郎の腕に『その命』と入れ黒子があるのに気づいたのです。

文字苑師匠が彫ったに違いありません。そう思うと、あっしはカーッとこみあげてくるものがありやしてね。腕を切り取り、師匠の家に放りこんでやろうと決めたのです。

ところが、包丁で肩と肘のところで切断しようとしたのですが、うまくいきませんでね。鋸でないと駄目だと気づきました。しかし、商売道具の鋸は使いたくないですからね」

「ふむ、見あげた心構えだぜ。それで翌日、下谷広小路に古鋸を買いにいったのか」

「へい、仕事もちょうど休みでしたしね。鋸を買って帰り、試してみたら、ろくでもない古鋸でしたが、うまくいきました。親分、骨を切るのは鋸にかぎりやすぜ」

勝蔵が軽口を言った。

もう覚悟を決めているからであろう。いっぽうでは、やはり辰治の合いの手のうまさでもあった。

「そうか、死体の始末に困っている者がいたら、伝えておくぜ。

ところで、てめえ、そもそも鋸を使ったのは、入れ黒子のある腕を切り離すためだったのじゃねえのか。なぜ、全身をバラバラにしたのだ。やっているうちに、おもしろくなったのか」

「腕を切り取ったあと、あっしはハッと気づいたのですよ。全身をバラバラに小さくしてしまえば、埋めるのも楽ですからね」

伊織は、勝蔵には意趣を晴らす気分もあったのではないかと思ったが、口にはしない。切断すれば埋めるのも簡単というのは、もっともだった。

「なるほど。しかし、てめえの埋め方は杜撰だったぞ。埋めるにしても、浅すぎるだろうよ」

「へい、それは、あっしも、わかっています。鍬や鋤がなかったので、大工道具で間に合わせたのです。それで、浅い穴しか掘れませんでした」

「平八の死体を床下に埋めたあと、入れ黒子のある腕を持って文字苑師匠の家に行き、勝手口の前に放りだしてきたわけか」

「へい、そのとおりです」

勝蔵の供述が終わった。

伊織はこれで、事件の全貌がわかったと思った。

辰治がぽつりと言う。

「考えてみると、文字苑師匠も罪だよな」

突然、勝蔵が下を向き、肩を震わせはじめた。嗚咽が漏れる。勝蔵が泣いているのだ。

＊

長屋の持ち主である備前屋太郎左衛門が顔を出した。

土間に立ったまま、室内の様子を見まわしたあと、言った。

「先生、親分、ご苦労ですな。これから、どうなりましょうか」

辰治が、これから勝蔵を自身番に連行し、今夜は拘留する。明日、巡回に来た町奉行所の定町廻り同心に、勝蔵の身柄を引き渡す、という手順を述べた。

太郎左衛門は自身番に詰めることもあるだけに、もとより手順は知っているはずだった。厄介なのは、勝蔵の拘留である。同心に引き渡すまでは、自身番の責任なのだ。

「なるほど、そうなりましょうな。

町内で殺人事件が起き、死体が発見されたわけですから、明日、巡回に来たお役人に検使をお願いしなければなりますまい。

お役人が長屋に来て、死体を検分するはずです。すでに勝蔵は捕らえられているので、もしかしたらお役人は面倒がり、検使はしないかもしれませんがね。

それは、明日になってみないとわかりません。

ですから、今夜はバラバラ死体はあのままにしておくしかないでしょうね。鳶の者にひと晩中、番をさせるわけにもいかないので、いったん帰しました。いま、あたくしどもで一杯、やっているはずです。ねぎらいに、酒とちょっとした肴を用意したものですから。

甚兵衛さん、そういうわけだから、頼みますよ。ときどき、部屋をのぞいて、死体がそのままかどうか、確かめてください」

太郎左衛門が、台所にいる甚兵衛に言った。

大家は、長屋の持ち主の雇われ人に過ぎない。甚兵衛も太郎左衛門には頭があがらないのか、

「へい、かしこまりました」

と、殊勝に頭をさげる。

長屋の一室にバラバラ死体が置いたままになり、しかも管理しなければならないのは、大家としては耐えがたいはずだった。だが、ここはやむをえないであろう。

「犬が片腕や片足をくわえていかないよう、気をつけたほうがいいですぜ」

辰治が茶々を入れた。

太郎左衛門が続ける。

「文字苑師匠と話をしました。師匠は、平八さんの遺骸を引き取るそうです。あたくしも、感心しましたよ。同時に、ほっとしたというのが本音ですがね。これで、死体の始末は長屋や、まして町内でおこなう必要はありません。明日、お役人の検使を受けたあと、バラバラ死体は早桶に詰められ、師匠の菩提寺に運ばれます。運ぶのは、鳶の者に頼みました。

菩提寺で葬礼、その後、埋葬となるのでしょうが、そのあたりはもう、あたくしは関与しておりませんので」

甚兵衛はほっとしている。

少なくとも、大家として早桶や寺送りの手配はしなくて済むわけだった。

太郎左衛門がちらと長次郎に目をやったあと、伊織に言った。

「先生、倅めは、少しはお役に立っておりますか」

「はい、おおいに助かっています」

「そうですか、店にいてはできないような経験をいろいろ、させてもらっているようで、先生にお預けしてよかったと思っております」

父親として、やはり長次郎が気になるようだ。

甚兵衛が恐る恐る、太郎左衛門に言った。

「勝蔵が召し捕られ、お奉行所でお裁きを受けるとなると、大家のあたしはどうなりましょうか」

即座に、辰治が言う。

「大家のおめえさんは当然、無縁ではいられねえ。お奉行所のお白洲に、おめえさんも座らされることになろうよ。

お奉行さまは、こう言うかもしれないぜ。

『店子の大工が人を金槌で殴り殺し、そのうえ、死体を鋸でバラバラに切断して床下に埋めるのに気づかず、放置していたとは、大家としてあまりに迂闊かつ怠慢である』

まあ、おめえさんも、なんらかのお咎めはまぬかれないだろうな」

「そ、そんな」

甚兵衛は泣きそうになっている。

なおも辰治が言った。

「まあ、安心しなせえな。お咎めと言っても、首を斬られることはねえ。せいぜ

い『屹度叱』くらいだろうよ。おめえさんは神妙な顔をして、

『へへー、畏れ入りましてございます』

と、お白洲で平伏すればいいのさ」

「親分、お叱りで済めばいいですよ。『敲』などになったら、どうしますか」

「敲かぁ。敲は、小伝馬町の牢屋敷の門前で、箒尻と呼ばれる笞で背中などを五十回、あるいは百回打つ刑だがね。

わっしは敲の刑を見たことがあるが、皮が破れて背中は血だらけになり、その苦痛に大の男も泣き叫んでいたな」

「やめてくださいよ」

甚兵衛は鼻水を垂らしている。

見かねて、太郎左衛門が割って入った。

「親分、甚兵衛さんをからかうのはもう、そこまでにしておいてください。

甚兵衛さん、敲などにはならないから、安心しなさい。

おそらく、あたくしもお奉行所に出頭することになるでしょうね。

じつは、これまで町内の不祥事で、あたくしはお奉行所に出頭したことがあるのです。いわゆる前例にもとづく形式がありましてね。その形式を守ればいいの

です。

もちろん、楽ではありませんし、面倒このうえないのですがね」

辰治もさすがに、太郎左衛門には太刀打ちできない。

照れ隠しもあってか、勝蔵に言った。

「さあ、てめえ、きりきりと立たねえか」

四

沢村伊織がジンベ長屋から家に帰ると、お袖が妻のお繁と話をしていた。

「先生、ご苦労さまでした」

「そなたこそ、ご苦労だったな。そなたがいなかったら、文字苑師匠はあそこで倒れていたかもしれぬ。そなたの付き添いがあったればこそだ。

ところで、師匠はいま、どうしているのだ」

「さきほど、家に送り届けました。家に入るや、倒れるように寝込んでしまいましてね。あたしはしばらくそばにいたのですが、よく眠っているようなので、引きあげました。

もしものときは、下女がいますから」

「そうか、二の腕が放りこまれて以来、心労が続いていたのであろう。今日のバラバラ死体で、最後の支えがポキリと折れてしまったのかもしれない。回復するまで、かなりの日数がかかるかもしれぬぞ」

「先生、お師匠さんが元気になるような薬はないのですか。なにか、処方してあげてくださいな」

お袖が懇願する。

そばで、お繁も同じ気持ちのようだった。

伊織はしばし考えた。

「う～ん、そうだな。

とりあえず、抑肝散という薬を処方してみようか」

抑肝散は、神経過敏やイライラ、怒り、不眠、痙攣などを鎮静化させる薬で、蒼朮、茯苓、川芎、釣藤鈎、当帰、柴胡、甘草を配合して作る。

「作り方を完全に覚えているわけではないので、帳面で確かめねばならぬが。それと、生薬が足りないかもしれぬな」

伊織は、二階に置いた薬簞笥の中身を考える。

ハッと気づいた。

備前屋は薬種問屋なのだ。

（そうだ、明日、長次郎を連れて備前屋に行ってみよう。帰ってからの調剤も、手伝わせてもいいな）

生薬の購入や調剤は、長次郎にはいい勉強になるはずだった。

伊織がお袖に言った。

「やってみよう。うまくいけば、薬は明日中に師匠に届けられるかもしれぬ」

「ありがとうございます。明日は、平八さんの葬式のはずですから。お師匠さんに、しっかりしてもらわねばなりませんからね。

では、あたしはそろそろ」

「まだ、いいじゃないの。そうだ、お袖ちゃん、内で晩御飯を食べていきなさいよ」

お繁はお袖を引き止めたあと、伊織を見て言った。

「立花屋から料理を取り寄せたいのですが、いいですか」

「うむ、かまわぬが……」

伊織は語尾を濁し、お袖の前で口に出すのは控えた。

というのも、祝言をあげたあと、伊織はお繁に対して、実家である立花屋から仕出料理を取り寄せるのはかまわぬが、かならず代金は払うよう、厳命していたのだ。

「ね、立花屋から仕出料理を取るから、食べていきなさいよ」

きっと、お繁は心得ているであろう。

「あら、嬉しい」

お袖は浮き浮きしている。

「玉子焼は欲しいわね」

「そうね、お吸物も欲しいわ」

「お魚の煮付けもいいわね」

「鮑があるといいんだけど」

「刺身はやめておいたほうがいいわね」

「餡掛(あんかけ)など、どうかしら」

しばし、ふたりで盛りあがったあと、お繁が、台所にいる下女のお熊を呼んだ。

これから、お熊が立花屋に注文に行くようだ。

伊織はふたりのおしゃべりはまだ続くと見て、二階で抑肝散の製法を帳面で確認することにした。

第六章　死　罪

一

下谷山崎町の自身番に巡回に来た、南町奉行所の定町廻り同心の鈴木順之助が、

「え、おい、またバラバラ死体か」

と、驚きの声を発した。

自身番の柵の外に、岡っ引の辰治が立っていたのだ。

「いえ、そうじゃありませんでね。いちおう、旦那のお耳に入れて置いたほうがいいと思うことがあるものですから」

「そうか、では、ちと待ってくれ。決まり事をやらねばならんのでな」

鈴木は柵の内側に敷き詰めてある玉砂利を踏みしめ、自身番の前に立つと、呼びかけた。

「番人」

「ははーあ」

　中から返事がする。

「町内に何事もないか」

「へぇえー」

「よろしい」

　これで終わりである。

　鈴木は踵を返し、供の金蔵を従えて次の自身番に向かう。

「おい、歩きながら話そう。

　このところ、どの自身番に行っても何事もないとかで、退屈そのものでな。

　おい、辰治、拙者のために血沸き肉躍るような事件を見つけてきてくれよ」

「へへ、旦那、このところ、とんと殺人事件もありやせんぜ」

「うむ、拙者が思うに、人が殺されたから殺人事件になるわけではないぞ。死体が発見されたので殺人事件になるのだ」

「へ、どういうことですかい」

「つまりだ、甲が乙を殺しても、死体を埋めてしまえば、乙が殺されたことは甲以外、誰も知らない。たまたま乙の死体が発見されて、はじめて殺人事件となるわけだ」

「なるほど」

「そこで、拙者が言いたいのは、誰も知らない殺人事件が世間にはたくさんあるかもしれないぞ、ということでな」

「すると、わっしらは退屈なときは、人の家の庭や裏長屋の床下を、せっせと掘ったほうがいいですな」

辰治が真面目な顔で言った。

鈴木が笑いながら言う。

「まあ、そうもいくまいが。

ところで、拙者に話とはなんだ」

「へい、地獄の斡旋を商売にしていた遠州屋のお豊ですがね」

「ほう、拙者も気になっておった。その後、どうしておる」

「酒屋の三河屋市左衛門が世話をして、浅草阿部川町で小さな小間物屋をはじめたそうです。下女のお麦はさすがに逃げだしたようですがね」

「三河屋市左衛門はなかなか面倒見がよいな。

待てよ、そもそも市左衛門は、お豊の死んだ亭主の仁蔵を懐かしんで遠州屋を訪ね、地獄を斡旋する商売の相談に乗ったのがきっかけだったな。

また、宮脇家の後家のお雪も、死んだ仁蔵を懐かしんでお豊に声をかけ、それが地獄をはじめるきっかけになった。

考えてみると、死んだ仁蔵がすべてを仲介していたことになるぜ」

「旦那、これを『遺徳』というのでしょうかね」

「なるほど、遺徳か。おい、てめえ、なかなか学があるな」

「いえ、講釈で聞き覚えた、いわば耳学問ですがね」

笑いながら歩いていると、次の自身番が見えてきた。

「では、旦那、わっしはここで」

「うむ、死体が見つかったら、また会おう」

鈴木が柵の中に足を踏み入れる。

ここでもまず「番人」と呼びかけ、決まり事が繰り返されるのであろう。

二

須田町の、モヘ長屋と呼ばれる長屋の一室である。

沢村伊織は、台所で片付けをしている下女のお松の後ろ姿を見ながら、

(今日は、昼飯を食っただけで帰ることになるかな)

と、ひそかに苦笑した。

長屋の持ち主である加賀屋から一室を提供され、伊織は一の日(一日、十一日、二十一日)の四ツ(午前十時頃)から八ツ(午後二時頃)まで、長屋の住人を対象にした無料診療所を開いていたのだ。お松は加賀屋から、昼食と雑用のため派遣されていた。

「よろしいですかな」

顔を出したのは大家の茂兵衛だった。

土間に立ち、室内を見渡しながら、不思議そうに言う。

「おや、どうしたのです。誰もいませんが」

「どういうわけか、今日は誰も来ませんね。まあ、医者が暇なのは悪いことでは

ないでしょう」

「それはそうですが」

「そんなわけで、どうぞ、おあがりください」

伊織に勧められ、茂兵衛は下駄を脱いであがりこんでくる。

対面して座ると、さっそく言った。

「前の一の日から今日までのあいだに、赤ん坊がひとり生まれました。男の子ですがね」

「ほう、それはめでたいですな」

伊織はひそかに、無事に育ってくれることを願う。

赤ん坊が生まれたと知っても、次の機会には、死んだと聞かされることは少なくなかった。乳幼児の死亡率は高い。

茂兵衛が膝でにじり寄り、声をややひそめた。

どうやら、これからが本題のようである。

「ところで、先生、湯島天神の門前の長屋で、床下からバラバラ死体が出てきたと聞きましたが」

「ああ、その件ですか。もう、お手前の耳に入ったのですか」

「私は近所ということもあって、バラバラ死体を掘りだすのにも立ちあいましたよ」

「長屋の床下ですからね。あたしも、他人事とは思えませんでね」

そこに、春吏が姿を現した。

長屋の住人で、戯作者である。ただし、筆耕をして生計を立てていた。

春吏は挨拶もなしに、ずかずかあがりこんでくると、茂兵衛の横に座るなり、

「え、もしかして、バラバラ死体が話題ですか。ああ、ちょうどよかった」

と、嬉しそうに言った。

伊織は笑いをこらえる。

「なんだ、そなたもバラバラ死体のことを耳にしたのか」

「はい、場所は湯島天神の門前と聞いたものですから、これはきっと、先生が知っているに違いないと思いましてね。

ぜひ先生にくわしいことをうかがおうと、楽しみにしていたのです。危うく、大家さんに先を越されるところでした。もう、かなり話は進んだのですか。

先生、申しわけないですが、はじめからお願いします」

「戯作に仕立てるつもりか」

伊織が冷やかす。

いっぽう、茂兵衛は苦虫を嚙み潰したような顔をしていた。

「春更さん、相変わらずのんきですな。あたしにとっては深刻ですぞ。もし、長屋の床下にバラバラ死体が埋められたら、どうしますか。それこそ大変ですぞ」

春更は首をすくめたが、いっこうにこたえた様子はない。手にしていた、薄板作りの箱を前に出した。

「そうそう、忘れていました。永代団子(えいたいだんご)です。もらい物ですけどね。みなで食べましょう」

箱を開くと、串に刺した団子が詰められていた。一本の串に四個の団子が刺してある。上に餡が乗っていた。

たちまち茂兵衛の機嫌が直る。

「ほうほう、永代団子ですか」

「お松ちゃん、団子があるよ。遠慮なく、食べな」

春更が声をかける。

呼ばれてそばに来たお松は、指で串をつまみ、いかにも嬉しそうだった。

伊織が言った。

「では、団子を食いながら話そうか。

あの長屋では、一か月ほど前に床下から白骨が見つかり、今度はバラバラ死体が出てきた。立て続けだったため、評判になったようだ。

たまたま、私は両方の掘りだしにかかわっていたので、おおよそのことは知っている——」


「——そういうわけで、およそ一か月前に起きた件は、五年以前に埋められた死体がボヤをきっかけに、白骨となって発見されたわけだ。

いっぽうの、つい先日の件は、入れ黒子のある二の腕が見つかり、鋸の入手経路や人間関係を調べていった結果、長屋の床下にバラバラ死体が埋められているのが発見されたわけだ」

伊織の話が終わった。

「う〜ん、床下に埋めるのですか。しかし、考えてみると、死体の上で暮らすことになりますな。あたしなんぞ、夜はうなされて眠れそうにありませんがね」

茂兵衛が気味悪そうに言った。

春更が疑問を呈する。

「先生、死体を床下に埋めるのは、それが手っ取り早いからですか」

「人を殺したあと、まず直面するのが、どう死体を隠すかだろうな。

　ひとつは、川や池に沈めるという方法がある。

　ただし、着物の袖に石などを詰めて重しにし、もう絶対にあがってこないと思っていても、数日後、土左衛門になってぽっかり水面に浮きあがることがある。私もこれまでに、そうした土左衛門は何度か見た。

　もうひとつは、地面に埋める方法だ。

　人里離れた山の中に埋めればいちばんよいのだろうが、そこまで死体を運ぶのは難しい。また、武家屋敷や大きな商家であれば、庭の片隅に埋めるという手があるが、裏長屋では庭などないからな。そこで、やむなく畳をはがして、床下に埋めるのだろうな」

「なるほど、では、この長屋の床下にも、もしかしたら死体が埋まっているかもしれませんね」

「春更さん、なんてことを言うのですか。言ってよい冗談と、悪い冗談がありますぞ」

　茂兵衛は本気で怒っている。

春更は大家の怒りは気にもとめず、

「包丁で人体をバラバラに切り分けるのは難しいのですか。初めて知りました。鉈や山刀で断ち切るという方法もあるのでしょうが、やはり鋸でギーコ、ギーコと切る場面が不気味ですね」

と、しきりに感心している。

戯作の場面が頭に浮かんでいるのだろうか。

なおも、楽しそうに言う。

「切り取られた腕に入れ黒子があったというのも、じつにおもしろいですね。これは、戯作に使えますよ、うむ。先生の話にもとづいて、バラバラ死体を筋立てに使いたいのですが、かまわないでしょうか」

「それはかまわぬが、人名と地名は変えたほうがよいぞ」

「はい、もちろん、それは心得ております。画期的な作品になる気がします」

「画期的かどうかはともかく、くれぐれも読んだ人が、この長屋と勘違いしないようにしてくださいよ」

茂兵衛は心配そうだった。

春更は快活である。

「戯作では、吉原を大磯とか神崎とかにするのは常套でしてね。なんなら、鎌倉にある長屋にしてもいいかもしれません。

バラバラ死体は男より、女がいいかもしれません。そして、二の腕に謎の入れ黒子がある趣向はどうでしょうね」

「さて、お邪魔しましたな」

茂兵衛は、もう付き合っていられないという顔をして、帰っていく。

それを潮に、春更も帰り支度をはじめた。

三

「先生のおかげで、わっしは仲間内で鼻高々ですよ」

岡っ引の辰治は上機嫌だった。

沢村伊織も思わず、笑みがこぼれる。

「ほう、それは、なによりです」

湯島天神門前の、伊織の家である。

たまたま患者はいなかったので、同席しているのは妻のお繁と、弟子の長次郎だった。

下谷山崎町で起きたバラバラ事件と、御家人の妻女による地獄の醜聞が解決したのは、ひとえに辰治の功績だった。

ところが、この功績はおおやけにはならなかった。南町奉行所が事件全体を隠蔽したからである。そのため、辰治は自分の手柄を吹聴することはできなかった。

奉行所の役人から手札をもらうことで岡っ引の身分を得ているだけに、辰治としても奉行所の措置には従わざるをえない。しかし、内心では、はなはだ不満だったのだ。

ところが、湯島天神門前のバラバラ事件では、辰治が見事に解決したことになり、「怪事件を解決した岡っ引」として一躍有名になったのである。

もちろん、実際に謎を解き、解決に導いたのは伊織だった。

しかし、伊織は名を売るつもりは毛頭ないため、手柄を辰治に譲ることになんの迷いも、ためらいもなかった。

「お奉行さまから褒美として、金一封をいただきましてね。

おそらく、鈴木の旦那が根まわしをしてくれたのだと思いますがね。旦那はなにも言いません。あの旦那らしいですよ」

山崎町のバラバラ事件と地獄の事件に尽力しながら、辰治がなにも報われないのに対し、同心の鈴木順之助は忸怩たる思いがあったに違いない。

そこで、鈴木は湯島天神門前のバラバラ事件を解決した件を喧伝し、辰治の褒美に結びつけたのである。

「なるほど、鈴木さまらしいですね」

伊織は、鈴木からもらった手紙のことには触れない。

じつは、事件解決の立役者を辰治とすることについて、鈴木は伊織に了解を求めてきたのである。もちろん、伊織は了承し、返事を書いた。

それまで黙って聞き入っていたお繁が口を開いた。

「ところで、親分、平八さんを殺した勝蔵さんは、どうなるのでしょうか」

「鋸で平八をバラバラにしたからといって、勝蔵を鋸挽き(のこぎりび)の刑に処するわけにはいきませんからね。まあ、死罪でしょうな。おそらく、獄門にはならないと思いますがね」

「あら、親分、鋸挽きってなんですか」

お繁が無邪気に質問した。

「へいへい、鋸挽きですか」

辰治がその場で座り直す。しゃべる気満々のようだ。

伊織は、お繁が辰治の悪趣味の引き金を引いてしまったと思ったが、もう後の祭だった。

出された茶で喉を潤したあと、辰治が語りだす。

「では、ご新造さん、ご説明しやしょう。死刑にもいろいろ段階と種類がありやしてね。

鋸挽き――これはもっとも重く、またもっとも残酷な死刑ですがね。罪人を首だけ出して、身体を地面に埋めてしまうのです。そして、首を鋸で少しずつ引いて、ゆっくり殺すというものでしてね。罪人はまさに、阿鼻叫喚の苦しみを味わいます」

お繁も長次郎も顔色が変わっている。

だが、辰治はそんなふたりの反応が、愉快でたまらないようだ。

「織田信長や豊臣秀吉のころは、鋸挽きは盛んにおこなわれたようです。しかし、権現(ごんげん)(家康)さまが江戸に幕府を開いてからは、形だけ残して、実際に鋸挽きがおこなわれた例はないようです。

そんなわけで、残念ながら、わっしも鋸挽きを見たことはありやせん。

磔――実際には、これがもっとも重い死刑でしょうな。

十字の形をした木の柱に身体を縛りつけるのですが、両手は横木に縛りつけるので、大きく手を開いた形になります。そして、左右から二本の槍でブスリ、ブスリと突き刺すのです。

磔は小塚原か鈴ヶ森の刑場でおこなわれますが、怖いもの見たさの見物人が詰めかけ、まさに鈴生りですぜ。

わっしも一度、小塚原で見たことがありやすが、破れた腹から血だらけの腸が垂れさがって、まあ、無残なものでしたよ。

火罪――放火をした罪人にだけ適用される、いわゆる火焙りの刑ですな。

柱に身体を縛りつけ、焼き殺すのですがね。小塚原か鈴ヶ森の刑場でおこなわれますが、八百屋お七が鈴ヶ森の刑場で火焙りに処せられたのは、ご新造さんも知っているでしょう」

「はい、お芝居で有名ですから」

お繁はかろうじて答えたが、その声はかすれていた。

伊織は辰治を制して、やめさせようと思わないではなかった。しかし、死刑の等級については、伊織もくわしくは知らなかった。この機会に、きちんと整理して理解しておくのは無駄ではあるまい。最後まで聞くことにした。

辰治の舌は、ますますなめらかになる。

「獄門――小塚原や鈴ヶ森の刑場で首を斬られ、晒されると思っている人が多いようですが、これは間違いですぜ。

首を斬られるのはあくまで、小伝馬町の牢屋敷内の死罪場です。ここで首を斬ったあと、首だけを小塚原か鈴ヶ森に運んで、獄門台にのせて、晒すのです。

獄門台にのせると言いますが、ただ首を板にのせただけでは、強い風が吹くと転がり落ちるかもしれません。また、烏が目玉をつついていて、転がり落ちるかもしれませんからね。そのため、板の裏から五寸釘を二本並べて打ちだし、これに首を刺すのです。

小塚原か鈴ヶ森に行けば、獄門首は自由に見物できやすよ。木戸銭もいりやせん。

わっしは、自分が捕らえた極悪人が獄門に処せられ、鈴ヶ森で首が晒されたのを見にいったことがありますがね。さすがに帰り道、蕎麦を食う気も起きませんぜでしたよ」

話を聞きながら、伊織はかつて小塚原で獄門首を見物したのを思いだした。

そのころ伊織は、蘭学者・蘭方医の大槻玄沢が主宰する「芝蘭堂」で蘭学を学んでいたが、塾生同士で盛りあがり、連れ立って獄門首を見物にいったのである。

もちろん、あとで、おもしろ半分で見物するものではないと、深く後悔した。

いまでは、苦い思い出である。

しかし、伊織は口をはさまず、自分の経験も披露しない。

辰治がポンと、膝を打った。

「いかん、いかん、大事なことを言うのを忘れていましたな。

獄門のとき、首を失った肢体はどうなるか。

じつは、肢体は山田浅右衛門に下げ渡されます。浅右衛門は身分は浪人ですが、試し斬りをして、刀の鑑定をするのが商売でしてね。

浅右衛門はいろんなところから預かった刀を、罪人の肢体で試し斬りをして、その切れ味を鑑定するわけですな。商売としては、ひとつの肢体をできるだけ活用したい。そのため、肢体は最後はずたずたになります。バラバラ事件どころではありやせんぜ。

死罪――小伝馬町の牢屋敷内の死罪場で首を斬られます。首を失った肢体は山田浅右衛門に下げ渡され、試し斬りでずたずたにされます。

下手人――これが、もっとも軽い死刑ですな。小伝馬町の牢屋敷内の死罪場で首を斬られますが、肢体は試し斬りにはされません。

まあ、おおよそ、こんなところですかね」

辰治の説明が終わった。

お繁も長次郎も、懸命に吐き気をおさえている。

伊織が言った。

「すると、親分の考えでは、勝蔵どのは死罪に処せられるであろうということですね」

「そうですな。首を斬られたあと、勝蔵の身体は山田浅右衛門に下げ渡されるはずです。あとは、浅右衛門とその門人によって次々と試し斬りをされ、最後はもう、ボロ雑巾のようになるでしょうな」

いちおう、死刑はすべて説明したのだが、辰治はまだ言い足りないようだ。頭の中で、酸鼻な逸話などを探っているらしい。

入口の三和土に、お袖が立った。

「あら、親分」

「おう、おめえさんか。先日はずいぶんと文字苑師匠の面倒を見ていたな。じつに感心だ」

お繁も長次郎も、来客の出現で話題が変わり、ほっとしているようだ。

あがってきたお袖が、持参した風呂敷を広げた。

「みんなで、食べましょう」

柏の葉で包んだ柏餅だった。

辰治が歓声をあげる。

「ほう、これはうまそうだ」

だが、お繁も長次郎も無言で、もじもじしている。

お袖が怪訝そうに言った。

「あら、どうしたの。ふたりとも、柏餅は嫌いなの」

「そうじゃないんだけどね」

さすがに、お繁も口ごもっていた。

このままではお袖が誤解すると思い、伊織が説明した。

「じつはこれまで残酷な死刑の話をしていたので、ちょっと食欲が失せたと言おうか」

「あら、そうでしたか」

お袖はやや落胆している。

いっぽう、辰治は柏の葉をはがすのももどかしそうに、

「うまい柏餅ですぜ。先生もどうぞ」

と言いながら、口に頬張る。

みなが尻込みしているなかで、ひとりうまそうに食べるのがなんとも愉快なようだ。

（いったい、辰治はどんな神経をしているのだろうな）

あきれるというより、伊織はむしろ感心してしまう。

それに、ここで辰治に翻弄されたままなのはいささか癪だった。

「そうですな。いただきましょうか」

伊織は柏餅に手を伸ばす。

外科手術の経験もあるし、検屍で死体の検分もおこなってきているため、伊織は死刑の話で食欲を失うほどではない。

「うむ、うまいな」

ことさらに感想を述べる。

伊織が食べはじめたのを見て、つられるようにお繁と長次郎も手を伸ばした。

お袖が言った。

「あたしはこれから、お師匠さんのところに様子を見にいくのですが、先生、よろしければ、往診してもらえませんか」

「うむ、そうだな。師匠の体調を診て、あらたな薬を処方してもよいかもしれぬ。そのほう、薬箱を持ってきてくれるか」

「はい、かしこまりました」

長次郎が返事をする。

伊織が出かける様子なのを見て、辰治もようやく腰をあげるようだ。

帰り支度をしながら、ふと思いついたようである。

「そうだ、師匠が元気になったら、お袖さんとやら、一緒に汁粉を食いにきな。わっしの女房が、下谷御切手町で金沢屋という汁粉屋をやっている。わっしがいるときだったら、ただにしてやるぜ」

お袖が顔をほころばせる。

「まあ、嬉しい。でも、親分がいるときでないと、ただにはならないのですか」

「女房は、人にただで汁粉を食わせるような人間じゃねえぜ。わっしですら、ただでは、させてもらえないんだからな」

「えっ、では親分は、そのたびに、おかみさんに揚代を払っているんですか」

お袖が素っ頓狂な声で言った。

辰治が大笑いをする。

「まさか、冗談だよ。亭主が女房ととぼすたびに揚代を払っていたら、まるで女郎屋だぜ」

「とぼす」は性交、「揚代」は遊女の料金の意味である。

相変わらず、辰治の冗談は下品だった。

コスミック・時代文庫

秘剣の名医(ひけんのめいい)

【十三】

蘭方検死医 沢村伊織

2022年 9 月 25 日　初版発行
2023年 11 月 25 日　2刷発行

【著 者】
永井義男(ながいよしお)

【発行者】
佐藤広野

【発 行】
株式会社コスミック出版
〒 154-0002 東京都世田谷区下馬 6-15-4
代表　TEL.03(5432)7081
営業　TEL.03(5432)7084
　　　FAX.03(5432)7088
編集　TEL.03(5432)7086
　　　FAX.03(5432)7090

【ホームページ】
https://www.cosmicpub.com/

【振替口座】
00110 - 8 - 611382

【印刷／製本】
中央精版印刷株式会社

ISBN978-4-7747-6412-2 C0193